良き習慣が創った私の人生

85歳の現役社会教育家が歩んだ道

田中真澄
Masumi Tanaka

ぱるす出版

総目次

細目次

目　次

序章

心構えが「引き」と「運」を引き寄せた

一　両親の心構えを受け継ぐ

日本の道徳教育に恐れをなしたGHQ

私が引きと運に恵まれた生涯をこれまで歩むことができた最大の要因は、両親から授かった良き心構えのお陰です。

戦前までのわが国では心を鍛える道徳教育が、教育の基本として位置づけられていました。道徳とは徳を身につける道のことであり、徳とは良き精神のあり方を指します。徳を備えた人は自己陶冶ができ、人々の信頼や尊敬を受けるとされています。実際、徳のある人は自己犠牲を厭わず、世のため人のために懸命に貢献しています。

たとえば戦前の日本人の多くは国家の求めもあり、今の人なら避けるような植民地の仕事に協力し、難事業を果敢に成し遂げましたが、それは道徳教育の成果でもあったのです。

戦後の約7年間、日本を占領したアメリカは占領政策の一環として、学校での道徳教育を徹底的に排除しました。それはアメリカが戦前の日本人の驚異的な活躍の基は道徳教育にあると踏み、それを何としても無くそうとしたからです。それほど日本人の強固な精神力を養った道徳教育が怖かったのでしょう。

私の両親は明治生まれでしたから、その道徳教育をたっぷり受けていましたので、戦後の占領の下でも、戦前に引き続き道徳教育を私に伝授してくれました。

そこで私の両親について少し述べておきましょう。

私の父母のこと

父は1901（明治34）年2月、マラソンの父・金栗四三《かなくりしそう》の生誕地でもある現在の熊本県玉名郡和水町《なごみまち》で、農家の6人のきょうだい（姉1人兄弟5人）の末っ子として生まれました。2人の兄は早世し、実際は3男坊として育ちました。父の幼少時、一番上の姉と長兄は親代わりになって父の面倒をみてくれました。戦後、父が経済的に苦しかったときも、姉と長兄は何かと手を差し伸べてくれました。そんなこともあって父は両親や姉兄に対する孝行・報恩の念を強く抱いていました。

父は尋常小学校高等科卒業時まで、男子組では一番成績がよく、加えて勤勉で正直な性格で、しかも身長は180㎝近く、当時としては巨漢の力持ちでした。村の米俵担ぎ競争など力勝負の大会や、軍隊時代の相撲大会では負けたことがなかったと語っていました。

長じるとその性格から両親や兄たちの農作業を手伝うと共に、青年団員として村の催事には率先して参加し、仲間たちからも頼りにされていたようです。

二十歳《はたち》の時、徴兵検査に甲種合格、直ちに久留米連隊に入隊し新兵教育訓練を受けました（父の村は福岡県に近いことから、連隊は熊本ではなく久留米でした)。

当時、軍隊には、新兵で在営5か月後になると、憲兵(陸海軍の警察業務を担う軍人)への志願が認められる制度があり、能力に自信のある新兵たちは競って憲兵採用試験に応募しました。憲兵は営外勤務が認められ、営外加俸・憲兵加俸があり、その上、乗馬長靴着用、拳銃・軍刀の携帯、私服の着用が認められるなど断トツに優遇されたからです。実際に憲兵の待遇は同じ陸軍上等兵に比べて凡そ8倍もよく、しかも戦場では前線ではなく後方勤務のため危険も少ないと言われていました。ですから希望者は多く、当時は全国に約70連隊がありましたが、1連隊1000名の中から2~3名しか選ばれない競争率は500倍近い最難関の職務でした。

選ばれる兵士は、当然ながら連隊内で品行方正・身体強健であり、各種の軍事教練の成績も優秀であることが条件となっていました。

もちろん父も志願しました。幸運にも父は学力・体力・性格の面で連隊内での評判が良かったことから厳しい選考に合格し、東京の憲兵練習所(後の憲兵学校)に派遣され、そこで6か月の教育を受けました。教育内容は法律・科学・軍事学・憲兵実務・教練・馬術・射撃・剣術・柔道でした。そして6か月後の卒業試験に合格し、晴れて憲兵になれたのです。

父は卒業と同時に東京憲兵隊に配属されました。卒業時の1923(大正13)年9月11日に関東大震災で東京が甚大な被害に遭遇したからです。震災後の混乱と世情不安に対処するための緊急的な人事であったのでしょう。

一方、母は1905（明治38年）年10月、父より4年遅く、父と同じ村で農家の6人きょうだい（姉1人兄1人弟2人妹1人）の次女として生まれました。母の父親（私の祖父）は、農業と兼務して馬喰《ばくろう》の免許保有者（家畜商・牛馬の売買を仲介する業者）でしたから、当時の農作業に欠かせなかった牛馬の売買斡旋の仕事で、農閑期には郡内を飛び歩いていました。

この祖父は「仏の喜代次さん」と言われたほど温和で楽天的な人柄で、多くの農家や業者仲間から親しまれ信頼されていました。母もこの祖父の性格を継いで、何事も楽観的に受け止め、苦労を苦労と思わぬ人でした。

互いに思った・・・なんとかなるさ。そして釜山勤務へ

父と母は、昭和2（1927）年、郷里で見合い結婚をし、直ちに上京。品川で新所帯を持ちました。この結婚について1つのエピソードがあります。父の小学校時代の同級生の女子組で成績1番の生徒は真崎という人でした。その真崎の妹が実は母だったのです。

結婚話が持ち上がった時、仲人であった村医者の先生は、村で初めて憲兵になった父を自慢にしていたようで、それが見合いの斡旋につながったのですが、父はあの真崎の妹ならいいだろうということで、先生から便りをもらうと、もう最初から結婚する気で、そのように東京から先生に返事を書いて帰郷したようです。

ところが母と会ってみると、父の期待とは違っていて、いささかがっかりしたそうですが、先生と約束したことでもあり、真崎の妹だから大丈夫だろうと思い、結婚を決断したのです。当時

の田舎の見合い結婚とは大体そんなものだったのだと思います。

　母は母で、親戚・知人の誰もいない遠い東京に行くことに不安を抱いたものの、姉の同級生の父ならば、まあ何とかなるだろうと持ち前の性格で父に従って行くことを決めたのです。

　父は結婚の翌年の昭和3（1928）年、加藤友三郎内閣の軍縮政策に応じて憲兵隊を除隊しました。そして朝鮮の釜山《プサン》の警察官に転身し、両親は新天地での生活に賭けることにしたのです。当時の朝鮮では憲兵隊と警察署とが協力して治安に当たる制度があったことを、父は職業柄よく知っており、そのことも転身の一つの要因になったのだと思います。

　さらに朝鮮での警察官の給与は、内地のそれよりもはるかにいいことも分かっていたので、父のように実家を継ぐ必要のない者にとっては魅力ある就職先でもあったのです。

　父の経歴が功を奏したのか、釜山では水上警察署勤務となり、日本から朝鮮・満州に向う人が乗る下関と釜山を結ぶ関釜連絡船の船客警護と思想調査の任務を担当しました。週2回乗船し、私服で朝鮮・満州・中国大陸に渡る政財界の要人や芸能人などと接触する機会もあったことから、父にとってこの船上勤務は思い出深い出来事に満ちていたようです。

　昭和12（1937）年に日中戦争が起きて次第に戦線が拡大するに伴い、中国への軍隊派遣が増強の一途をたどることになりました。それに伴い父にも召集がかかり、警察官のまま釜山憲兵隊に勤務することになりました。私が幼少時でやっと物心がついた頃です。

　父には警察署と憲兵隊との両方から給与が支給されたこともあり、しかも釜山の地元勤務でしたから、両親は物心両面で落ち着いた家庭を持つことができ、７歳上の姉、６歳下の妹と共に私は、戦争中にもかかわらず十分な家庭教育を受けることができたのは幸いでした。

私は軍人であった父から規律正しい生活習慣を身につけさせられました。さらに学校では優等生であることが求められました。そのおかげで私は心構えが鍛えられ、父からは積極性、母からは明朗性の習慣を受け継ぐことができました。

心構えは心をつくる習慣

心構えについては、この後に詳しく述べますが、ここでも簡単に触れておきたいと思います。なぜなら、この心構えについて理解してもらうことが、私の人生を紐解く鍵になるからです。

私はどんな講演でも、心構えとは何かを説明しています。それは以下の通りです。

心構えとは、心理学用語の「心的態度」（mind《マインド》 attitude《アティテュード》）のことです。この心構えを「心をつくる習慣」と理解し、その習慣には「行動の習慣」と「考え方の習慣」の２つからなり、その２つの習慣を毎日身につけ直すことで「心構え」が形成されていきます。

ポイントは毎日身につけ直すことにあります。「心構えは毎朝ゼロから磨きなおす能力である」と私が繰り返し訴えているのは、そのことを理解してもらうためです。

私たちは、「知っていること」と「実行すること」を一緒だと理解しがちですが、それは間違いです。よく「知るとやるとは天地の差」と言いますが、知っていてもやっていなかったら知らないことと同じなのです。知るとやるとは全く異質のものなのです。

このことがよく分からないと、知っただけで、もうやったことと同じと受け止めてしまい、何事もきちんとできない人間が出来上がってしまいます。

最近は口ではうまいことを言いながら、やらせてみたら何もできない人を多く見かけます。そういう人は毎日の心構えを形成する2つの習慣を磨くことができていないのです。

たとえば挨拶・返事は良好な人間関係を形成する習慣であることは誰もが周知のことですが、実際にそれを実践できる人は意外にも少ないのです。それはその習慣を毎日身につけ直す行動を実践していないからです。逆にこの習慣が身につけば、実践した本人は周りの人々との関係が良くなり、その結果、本人の人生は次第に好転していきます。これに例外はありません。

二　「心構えは能力」という考え方が私の血肉になった

非認知能力への目覚め

長い間、教育の世界ではＩＱや学力テストで測定される「認知能力」に対して、情熱・意欲・忍耐・自制・状況把握・社会適応・創造性・性格的な特性（協調性・誠実）・好奇心などは、これまで計測できない「非認知能力」とされてきました。しかしアメリカやヨーロッパでは心理学的手法で非認知能力が次第に数値化されるようになってきています。

特にアメリカでは各自治体や教育委員会で教育政策の効果を科学的に検証し、その結果を全体の政策に及ぼすという「科学的根拠に基づく教育政策」（Evidence《エヴィデンス》-Based《ベースド》 Policy《ポリシー》）が採用されるようになっています。

非認知能力は、認知能力の形成を支えると同時に、学校を卒業した後も成功に導く重要な能力であることが、科学的に明らかになっています。たとえば、学校時代に勉強一辺倒でなく、生徒会やクラブ活動やボランティアを通じて、自制心・やり抜く力・まじめ・躾《しつけ》・先生や学友との人間関係がいい・計画性がある、などの非認知能力を身につけた人物は、長い間に社会で成功し、しかも健康に恵まれ長寿の人生を歩むことが、各種の調査によって実証されています。

その調査のひとつが、1921年から2012年まで91年にわたって行われたカリフォルニア大学の「longevity project」という追跡調査（1500余人の幼児たちが死去するまでの人生と性格の関係調査）です。調査対象者を91年にわたって追跡したこの前代未聞の調査の結果は実に貴重です。このようなロングランの調査は、予算や人材の面で今後は2度と実施されないでしょう。

私はこの調査結果で、子供たちが成長していく過程で、非認知能力が人生においていかに重要な役割を担っているかを知ることができ、大変参考になりました。

そのことは、これまでの拙著で幾度が紹介しています。

この調査の最大の結論は、長く生きられるのは個人の性格や社会生活が密接に関係しているということです。では長生きの性格はどんなものであったか、それを一言で表現すると「conscientious」（＝勤勉性）ということでした。この英単語を一般的な日本語に翻訳すると「真面目」「正直」「慎重」「粘り強い」「計画性」といった性格に相当するものになります。

たとえば、パトリシアという92歳まで生きた女性の性格は、12歳頃の調査では、両親と小学校の教師から「思慮分別があり、読書好きのどちらかと言えば控え目な少女」と評価されていました。

彼女のように幼少時から分別があり、目立ちたがり屋でもない「真面目」なタイプの人間は、成人後も堅実な生活を送っているケースが多いのです。つまり「conscientious」度が高いほど、不注意が原因でないやすい成人病（高血圧・糖尿病など）にかかる例が少ないのです。

さらにこの調査は労働と寿命についても言及しています。

仕事は、あらゆる人にとって日常生活における時間の大半を占めるものです。そのために業務上のストレスは健康に大きな影響を及ぼすとされ、それが仕事で神経をすり減らすよりも、田舎でのんびりした老後を送るほうが長生きできるという考え方につながっているのです。

ところがこの調査では、そうした常識を覆す事実が紹介されています。実は、conscientious以上に、長寿と密接に関係していると思われるのが、仕事上の成功なのです。社会的な評価を受け続けている人は、真面目な人よりもさらに長生きしていることが判明したのです。

『朝礼・会議で使える田中真澄の61話』（ぱるす出版）

欧米におけるこうした非認知能力に関する調査によって、IQや学力を基にした推論とは違った事実が次々と明らかになってきています。

わが国でも文科省関係の審議会・研究会で「科学的根拠に基づく教育政策」に関する議論が近年高まっています。いずれ日本でも能力評価の新しい基準が設けられる時がくるでしょう。

しかしよく考えてみると、わが国ではこの非認知能力の教育が奈良時代以来、長年にわたって行われてきました。

「神仏儒」の思想をベースとした徳育教育がそれです。特に265年も続いた江戸時代には、日本独特の徳育教育が武士には藩校で、庶民には寺子屋で施されました。その結果、江戸末期には日本の隅々にまで徳育教育は普及していました。

だから明治維新前後にわが国を訪れた欧米の知識人は、一様に日本人の道徳性の高さに驚嘆したのです。そのわが国の徳育教育の伝統は、明治・大正・昭和前期の学校教育においても「修身」という教科書による道徳教育につながっていったのです。

高校時代に味わった理不尽

ところが戦後の占領軍の政策で道徳教育、すなわちわが国の伝統的な心を磨く教育は学校教育から排除されました。しかも占領が終結した１９５２（昭和27）年以降も、すぐには道徳教育の復活はなされませんでした。日教組など左翼団体の強い反対運動がその復活を阻止していたからです。そのことに関して私には忘れられない思い出があります。

その占領終了の年に私は高校に入学しました。入学後、間もなく校内弁論大会が開催されました。各学年から合計12名の代表が弁士として登場しました。私は普通科1年生代表の１人として「日の丸を掲げよう」というテーマで、占領が終わったのだから、日の丸を掲げ、わが国に対する誇りを取り戻そうではありませんかという提言を行うつもりでした。

ところが登壇して間もなく、商業科の上級生を中心に「日の丸反対」といったヤジが次々と飛び交い、会場は話すことができないほど騒然とした状態になりました。その異様な雰囲気に私は立ち往生し、とうとう途中で壇上から降りざるを得ませんでした。

この事態を生じさせたのは、当時の日教組をはじめとする左翼団体の国旗掲揚反対運動が背後にあったのだと思います。私はこの時から左翼団体の考えや行動に疑問を抱くようになりました。中学時代まで両親と戦前から教壇に立ってきた教師たちに、日本人のとしての生き方を教わってきた私は、この左翼団体の偏向思想には、とてもついていけなかったのです。

松下幸之助氏は、この反対思想に関して、生前、次のように語っています。

いつの時代でも、人の踏み行う道は、教え、教育していかんとあかん。戦前がけしからんというけど、道徳があかんかったのとは違う。政治家が軍部に負けて、それで戦争になった。その軍部が都合のいいことを道徳として国民に押し付けた、ただそういうことや。道徳が悪いんではない。そういう軍部がつくった、間違った〝道徳〟を、今も見わけも付けられず、道徳教育反対というのは、見識のない人や。良いことと悪いことの区別のできん人たちやな。まあ、一般の人が言うならええけど、政治家や指導者にある立場の人が、そういうことを言うなら、政治家の資格、指導者の資格はないわ。そういう人たちは、今の日本の精神的混迷をどう考えておるんやろう。

『松下幸之助の言葉　ひとことの力』（東洋経済新報社）

この言葉は１９８３（昭和58）年６月の発言ですが、その当時も今も道徳教育に対する世間の認識はさほど変わっていません。それほど戦後の日本人の間には、占領軍の政策によってなされた道徳教育排除の方針が強く浸透し、今なおその影響が続いているのです。

私は先の弁論大会で異常な体験をして以来、まちがった占領政策を解消する活動を、いつの日か始めなければならないという思いを秘かに抱いていました。私がサラリーマンを辞めてモチベーショナルスピーチを武器に社会教育家を目指すと決めた時の使命感の一つが、その占領政策の是正でした。しかし国民の間では「徳育」や「道徳」という言葉にアレルギー反応を起こすようになっていましたので、それらの言葉に代えて心理学の言語である「心構え」という言葉を用いることを前提にして活動することにしたのです。

この私の占領政策を是正するという意図ついては、誤解を招くことのないように、これまで誰にも言わないことにしてきました。したがって今回初めてその意図をこの本で明かすことにしたのです。

66年間も道徳教育から逃げ続けた日本の政治

戦後の日本を占領したアメリカが、学校から道徳教育を追放したことも影響して、家庭でも両親による子供への徳育は、戦前と比較して質量共に減っていきました。その結果、家庭におけるしつけがなされず、社会的な道徳観念が希薄な子供が次第に増えていきました。

この傾向に危機感を抱いた識者たちは、1952（昭和27）年、日本が再び独立国に戻った時、学校で道徳教育を実践することを国に求めました。しかしこれが具体的な国の政策として現場の学校で実施され始めたのは1958（昭和33）年からで、全学校が積極的に道徳教育に力を入れるために道徳を教科化したのは、なんと２０１８（平成30）年からでした。

つまり日本が再び独立国になってから66年間、政府は本格的に道徳教育と向き合うことから逃避していたことになります。これは野党をはじめとする日本の左翼勢力からの猛烈な反対と、それを支持するマスコミの偏向姿勢が長く続いたからです。加えて国民の大半も戦後の時間が積み重なっていくにつれて、道徳教育に価値を見出さなくなっていきました。

ところが、わが国の道徳教育が占領軍によって徹底的に排除された事実が次第に明らかになるにしたがい、その復活を求める声も時間の経過と共に高まっていきました。そうした社会的な背景が後押しして、道徳が「特別の教科」として小学校では２０１８年から、中学校では19年から完全に実施されるようになりました。

ここで道徳を「特別の教科」としたのは、道徳はあらゆる教科に通じる教育であることと、道徳を教える教員免許はないために、教師なら誰もが教えていい科目という意味でもあるからです。ここで自覚したいのは徳育と道徳教育の違いです。前者は知識の習得よりも実践によって道徳心を養うことに重きを置いています。

たとえば、トイレ掃除は道徳心を養う上での立派な徳育です。日本を美しくする会・掃除に学ぶ会の活動が、徳育として期待されるのはそのためです。

三　私の独立は時宜にかなっていた

道徳から心構えに

私は父親から受けた厳しい教育のせいもあり、勤勉・正直・感謝・親切・忍耐・奉仕といった徳を身につけて生きることの大切さを信じ、できるだけそのように生きることを心掛けてきたつもりです。ところが、戦後7年目、私が高校生になる頃には、世間の人々はこうした徳を大切にすることよりも、自分の利益第一に生きることのほうに傾きつつありました。

つまり占領軍の洗脳教育によって、日本人の多くがわが国の伝統的な道徳に対する価値を軽視するようになったのです。その結果、「道徳」を持ち出して生き方を論ずれば、世間から冷たい目で見られる風潮が生み出されました。生き方を話題にする場合は、もう従来の道徳の話を持ち出すことは難しくなり、その結果、私は「心構え」の言葉で説明することにしたのです。

私は日本経済新聞社（以後「日経」と表記）に入社して、最初の10年間は新聞販売店の販売店援助の仕事に従事しましたが、その一環として販売店従業員の教育にも携わりました。

その時に当然ながら生き方の問題にも触れることになるのですが、その際、「道徳」とか「徳育」

とかの用語を用いると、彼らは一瞬にして聞こうとしない態度を示すようになってしまっていたのです。

ところがアメリカ伝来の心理学で扱う「心構え」という言葉を用いると、彼らと真正面から論ずることができることを実感し、その方法で話を進めることにしました。

SMI、AIA、TEXTBOOK OF SALESMANSHIP

幸いにも、１９６４（昭和39）年にアメリカから心構えを磨くプログラムＳＭＩがわが国に上陸し、青年会議所など若手経営者の団体でＳＭＩが研修のプログラムとして採用されるようになってからというもの、「心構え」の言葉が世間に徐々に広がっていきました。私はそのことを従業員教育の最前線で知ることができたのです。

そして私自身もＳＭＩプログラムと、続いて日本に上陸したＡＩＡプログラムと2つのプログラムを学び、アメリカ流の「心構え」教育の実際に触れることができました。ちなみに「Adventures In Attitudes 心の冒険」とは、アメリカの社会教育家ボブ・コンクリンが開発したもので、日本ではグループダイナミックス研究所の柳平彬《やなぎだいらさかん》氏がプログラム使用の権利を取得して紹介したものです。柳平氏とは日経の先輩の紹介で知り合い、その関係からＡＩＡプログラムの第1回のセミナーに出席し、以後今日まで同氏とは親しくつき合い、その関係で、同氏が１９７９（昭和54）年に翻訳した米国マグロウヒル社発行のセールス教科書『TEXTBOOK OF SALESMANSHIP《テキストブック オブ セールスマンシップ》』を贈呈され、今も私の愛読書の1冊になっています。

実は柳平氏はこのセール教科書を翻訳すると同時に、これをテキストにして、当時の電電公社・営業部門の部課長研修を行ったのです。これが好評で何回もリピートオーダーがありました。その状況に同氏一人では手に負えなくなり、私が日経を辞めた直後だったこともあり、その研修のインストラクターとして約半年ほどお手伝いをさせてもらいました。

この本は、米国マグロウヒル社発行の教科書として１９３６年の初版以来、ロングセラーを続けていることを私は知っていましたので、研修で用いるたびに精読しました。この教科書の第20章で「心構え」が詳しく取り上げられています。その書き出しは次の通りです。

熱心な青年たちが私たちに、繰り返し繰り返し、次のような質問をしてくる。「セールスマンとして成功するには、なにが必要ですか」「どんな技術を身につければ、１人前のセールスマンになれるのですか」「優秀なセールスマンになるには、どうしなればいけないのですか」。彼らは、立派なセールスマンになる秘訣が一杯つまった「魔法の袋」を私たちからもらい、それを持って、セールスマンとしてスタートを切り、世界を征服しようと思っている。

お気の毒だが、成功の秘訣が入った「魔法の袋」なんかあるわけがない、といわざるをえない。成功の秘訣は、むしろ、人々の基本的なものの考え方の中に潜んでいるのである。ここでいうものの考え方とは、自分の仕事やその仕事のやり方についての心構え、世の中の人々や自分自身に対する心構えにほかならい。だから、成功をかちとるカギが欲しい人は、自分の心の中を探せばよい。

皮肉屋は、そんな言い分は取り上げるに値しないたわごとだといって、受け付けない。けれども、私たちの見るところでは、戦いに勝つ（成功も、戦いに勝つことにほかならない）ための最も重要な要因は、精神的な心構えである。この私たちの考えは、スポーツ、戦争、ビジネス、政治など、社会のあらゆる分野で成功した人たちの言動を自分で追体験してみれば、いつでも確かめることができる。

心構えは毎日ゼロから始まる

この指摘は、セールスマンの仕事だけでなく、あらゆる人々の人生にもあてはまります。私たちの中には、成功には家柄・学歴・資格・容姿・資金などが欠かせない要素だと信じ込んでいる人がいます。しかし世の中を広く、しかも長い年月で見ていると、そうではありません。世間には貧しい状況の中で生まれても、心構えを武器にしたことで成功を手にした人たちが何と多いことでしょうか。

したがって、心構えは人生を切り開く最重要能力と受け止め、それを磨き続けていくことが、人生をもう一度やり直す決め手であると受け止めることが大切なのです。

しかし、この心構えという能力は毎朝ゼロから磨きなおさねばならない能力であるという認識を抱いている人は意外にも少ないのです。

たとえば「早起きが最も大切な生活習慣である」ことは誰もが知っていることです。しかしこの習慣を毎朝毎朝、自分に課すことを心掛けて実行している人がどれほどいるでしょうか。出勤日には実行している人でも、休日になると「今日は休みだからのんびりしよう」と早起きの習慣から解放されてもいいと勝手に考えている人のほうが圧倒的に多いのです。

こうした怠惰な習慣になれてしまうと、物事を計画的に進めていくことができにくくなります。今の時代は、会社のために過ごす時間よりも、自分のために過ごす時間のほうが多い生活を送ることができる時代なのですから、休みの日は会社で働くことと同じように、Plan《プラン》→Do《ドウ》→See《シー》（計画・実行・検討）を繰り返しながら、自己実現のための自己学習を進めていくことが必要なはずです。そのことを考えると、早起きは休日に関係なく、毎朝繰り返し実行していく行動の習慣にしなければならないのです。

人生再建の三原則

そう理解できれば、「人生で必要なすべてのことは、幼稚園の砂場で習った」という言葉が意味することを自分のものにできます。世の中を広く見回してみると、幼稚園児でも知っている当たり前の良い習慣を、毎日、真剣に実行している人や家庭や会社があることに気づきます。そういう人々は周りの人々と明るく接し、仕事も楽しみつつ、日常生活を過ごしています。

この事実に気がつけば、自分だけでもそれこそ幼稚園児でも分かっている習慣を一つ一つ身につけていく努力を重ねていけるはずです。私の40余年の講演活動の中で、毎回くどいと思われようと繰り返し訴えているのは、「早起き」「挨拶返事」「後始末」です。これさえきちんとできれば、その人の人生は好転していけるからです。

森信三氏は「人生再建の三原則」として、「時を守り・場を清め・礼を正す」の三つを唱えられました。この人生再建の三原則を私は「早起き・挨拶返事・後始末」と言い換えています。したがって、この三原則を毎日実践していけば、どんな人も人生を上手に生きることができるようになります。なぜなら三原則を実行している人を、周りの人々は応援してくれますから、その人は無意識のうちに良い生き方を送れるようになるからです。

良い生き方とは？

では、良い生き方とはなんでしょうか。それは人生の正しい歩み方のことです。この人生の歩み方を研究するのが倫理学です。私が東京教育大学の教職課程で学んだ時に、この倫理学を学ぶことが義務づけられていました。

戦前、同大学の前身であった東京高等師範学校でも東京文理科大学でも「倫理学」は重要な科目でした。なぜなら戦前においては教師たるべき人間は、他人の模範となる行動と考え方を身につけることが求められたからです。

同大学はその後、筑波大学になりました。現在の文京区の筑波大学付属小学校の敷地には、占春園《せんしゅんえん》という庭園があり、そこには今でも昭和7（1932）年10月30日に建立された「行幸記念碑」が立っています。私は在学中、友人とこの碑を何度も読んだものです。

その碑には昭和天皇が昭和6（1931）年10月30日、東京高等師範学校創立60周年記念式典に行幸なされ、当時の文部大臣を前にして勅語を発せられました。その勅語が碑文に記されています。その一部分に「健全ナル国民ノ養成ハ一ニ師表タルモノノ徳化に俟ツ事ニ教育ニ従フモノ其レ奮闘努力セヨ」（健全な国民を教育するには、ひとえに教師たる者が徳育を収めることを期待する。ことに教育に従事する人々は奮闘努力せよ、の意）と記されています。かつての教師は、それほど徳が求められたのです。

倫理も道徳も語源は「習慣」

ところで「倫理」はethicsの訳語で、その語源はギリシャ語のethosです。一方、「道徳」はmoralの訳語であり、語源はラテン語のmoresです。このethosもmoresも「習慣」という意味です。倫理と道徳は習慣という語源の意味は同じですが、では両者の違いは何でしょうか。

学問上では、倫理は特定の集団や職業における善悪の判断基準を指すのに対して、道徳は社会全体における善悪の判断基準を指すことになっています。

たとえば、医師は人として正直でなければなりませんが、医師は患者のために時には正しい情報をあえて口にしない時もあります。それは医師の倫理に基づきなされるものです。

この場合は道徳とは言わず、倫理と表現します。教師もそうです。医師や教師という特定の職業上の基準は、時として社会全体の善悪の判断基準とは異なることが許されることから道徳と倫理の区別がなされるのです。

四　心構えで好転した人生を語る講演が人々の心を捉えた

日米を代表する話力講座を受講

前項で紹介した『TEXT BOOK OF SALESMANSHIP』の心構えの項の書き出しの一文を、私は、かつて電電公社の研修の際には朗読し、心構えを最重要な能力として磨き続けることを訴えたものです。当時、私の心中には心構えは日本伝来の徳の力と同義語であると理解していたからです。

日経マグロウヒル社在籍中の私は、週末や業務後の夜の時間を活用して、話力向上のための研修会に自費参加しましたが、そこでも常に心構えのことを意識しながら学びました。

当時、話力研究の第一人者であった永崎一則氏が主宰する話力研究所の土日講座の全課程を1年かけて受講しました。続いてデール・カーネギーの話し方教室（英語コース）を受講し、さらにその教室のインストラクター助手を1年間務めました。

日米を代表する話力に関する講座を受講したことで、対話を通して良き人間関係を築く大本は心構えであることをしっかりと学ぶことができました。

話力研究所所長の永崎氏は私にプロの道を歩むことを勧めてくださった方のお一人ですが、氏の話力理論の3要素は「人間性×内容×対応力」で、人間性を磨くことが最も大切であると強調しておられました。この人間性を私は心構えと受け止め、自分の話力向上のためにも、己の心構えを日々磨き続けることを心に誓いました。

当時、私の読書は専らビジネス専門書でしたが、その中で早稲田大学文学部の「心理学」担当教授の本明寛《もとあきひろし》氏が著した『新・態度的人間』(ダイヤモンド社)は、心構えを磨く必要性を教えてくれた1冊でした。この本のまえがきには、次のような一文が綴られています。

昔から人の能力を知力、技術力と分けて考えている。これは学校教育から生まれた能力評価法であろう。しかし企業社会のような目標達成やチームワークを必要とする場では、それに加えて態度能力が問題になる。私は1967年(昭和42年)ごろに、態度能力という熟さない概念を用いて、職業人の重要な能力として提案した。しかし幸いにもこの言葉も広く日本の社会に流通するようになった。

態度能力は後天的に要請される能力である。その点で性格とは違った概念と私は考えている。またその内容としては、たとえば積極性、協調性、計画性、責任感、持久性などのような目的達成行為の原動力となる行動傾向を考えている。このような傾向は目標達成行為のなかで自然に高められるものであるが、意図的に開発したり、または自ら啓発することができる。私はこのような態度能力のすぐれた人格を態度的人間と呼んできた。

残念ながら多くの社会人は、この態度能力をもちながら、それを開発し、行使することを怠っているようにみえる。社交性、忍耐力、計画性、創造性などは今日のあらゆる社会の分野で、優れた活動をしている人間の重要な特性となっていることを考えてみよう。少々頭がよいからといって、自己の才におぼれる人間は、それ自身態度能力欠陥者である。

日小田金光氏の強力な支援

この本明氏の文章は、心構えを能力と説く私の能力観を支えてくれるもので、こうした考え方を氏は昭和40年代初頭に提言してくれていたのです。それは丁度ＳＭＩプログラムがわが国に上陸した直後であり、氏の提言が広く伝わっていった時期と符合しています。

こうして心構えが新しい能力観として世間に広がっていく時期に、私も心構えを磨くことを説く講演家として独立できたことは、実にラッキーであり、運の良さを感じたものです。

実際に私の講演を聴いた人々が「田中の講演は新しい時代に生きるために必要なことが語られている」と実感し、私を講演の舞台に引き上げることに協力してくれました。その協力者の第1号は、企業教育の講師を斡旋する会社の営業部長であった故日小田金光氏でした。

そのときのことを私はこう書いています。

昭和53年春、ある人の紹介で、市川市市民会館大ホールで、2時間にわたる講演をさせてもらった。その人は、会場の最後列で聴衆の反応を観察しながら聴いてくれた。終わった時、楽屋に飛んできて、「田中さん、あなたはプロの講演家になれる。私が保証します。ぜひ、その道をお選びなさい」と言ってくれた。この言葉が私の日頃の願望を顕在化してくれたターニングポイントとなった。その人とは人材育成研究所の日小田金光氏のことである。私は氏の言葉を一生忘れないだろう。

（拙稿「願望実現のきっかけ」『月刊総務』１９８５年1月号）

日小田氏は市川市の講演をきっかけに、次は当時の地方銀行協会の支店長研修の講演を紹介してくれました。研修の最後日の記念講演ということで、私はしっかり準備をして臨みました。相手は銀行の支店長で人の上に立つリーダーでもあります。その人たちを納得させる話をするには、他人の話を引用するだけではだめだと考え、私の日経時代の経験談を次々と盛り込みながら、情熱的に全身を使って汗びっしょりの熱誠講演を展開しました。終わった後の参加者の評価では3日間研修の全講師の中で、私の評価点数がナンバーワンでした。このことは私を勇気づけてくれ、また大きな自信になりましたし、この評価は日小田氏の講演斡旋に勢いをつける意味でも計り知れない力になりました。

その高評価を武器にして氏はさらに都下多摩地区の日産プリンス販売の全営業マン大会の講演を用意してくれました。今度の相手は自動車セールスマンの集団ですから、私は日経マグロウヒル社時代に販売会社の営業部長としてセールスマンと10年間接してきた経験を活かして、セールスマンの将来設計を含めながら、独自のセールスマン人生を称える講話を情熱的に説きました。

このオンリーワンのセールス論が参加者にとって新しい刺激になったようです。セールスマンだけではなく、プリンス自動車販売会社の社長や経営幹部の人たちにも好評で、早速、リピートオーダーにつながりました。

以上の3つの講演は日経マグロウヒル社に在社中のものでしたが、この時の日小田氏の斡旋と助言のおかげで、私は独立してプロとしてやっていく決心を抱くことができました。

そもそも日小田氏とのなれそめは、日経マグロウヒル販売会社の社員研修を氏の会社に依頼したことに始まります。さらに日小田氏を知るきっかけになったのは、日経の先輩から「俺の大学時代の同期が社員研修の会社をやっているので、君のところでも検討してくれないか」と言われ、日小田氏に連絡をとったのが始まりでした。

先輩の紹介がなければ、氏とのご縁を手にすることはありませんでした。これも私の「引き」と「運」の良さによるものです。

日小田氏との最初の出会いで、氏の会社のプログラムを日経マグロウヒル販売会社の社員研修に採用することにし、その後の数回の交渉で実施に踏み切りました。この交渉の過程で、私が日経グループの社員研修の講師を務めていること、外部で話力の勉強をしていることなどを知った氏は、非常に興味を示してくれ、どんな話をしているのかを詳しく聴いてくれました。

その結果、私の話は商品価値があると読み、さっそく市川市の市民講座での講演を斡旋してくれたのです。そして実際に市川市の講演会で私の話と聴衆の反応を見聞きして、「これはいける」と感じられたのでしょう。そうでなければ地方銀行協会や日産プリンス販売の講演の窓口担当者を説得してまで、全く未知数の私に講演の機会を作ってはくれなかったはずです。

日小田氏との出会いが私の独立の大きな力になっただけに、私が日経を辞めて独立した時、氏は親身になって支援してくれました。一人の人間が自立できるかどうかは、こうした他人の支援を得られるかどうかで決まることを、この時に痛感したのです。この経験がベースになり、私も知人が独立すると知った時には、できるだけ応援させてもらうようにしてきました。

しかしせっかく応援しても、私の気持ちを逆なでするように、私を踏み台にして自分本位の行為を最優先にし、私の立場を無視して平気な人もいるものです。そういう人は心構えという能力が磨かれていないのですから、次第に人々から信頼されなくなっていきます。

世の中は人の行為をよく見ているものです。自己中心の振る舞いは、そのうち見透かされるものです。ですから決して人を利用し、恩を仇で返すようなことはすべきではないのです。

とくに目上の人にたいして礼を失することをやってはなりません。先述の森氏の「人生再建の三原則にある「礼を正す」の重要性を、ここでもう一度再確認しておきましょう。

感謝の気持ちがなくなれば商売は衰退する

人様から何かをいただいたり、してもらったりしたときは、直ちにお礼状をさしあげるとか、メールか電話でお礼の言葉をお伝えするのは必須の礼儀であり習慣です。ところがこのことさえもきちんとできない人がいるのです。そういう人は誰に対してもそうですから、次第に周りの人々からの信用を失い、孤立無援の状態に自らを追い込んでいくことになります。

せっかく独立して人様からの支援をいただけるようになり、事業が順調に推移していたにもかかわらず、突然、倒産に追い込まれてしまうといった事例に、私はこれまでにたくさん接してきました。その場合の最大の要因はインフルエンスピープル（自分を支えてくれている影響力のある人）の支えを逸したことにあります。

「商売は良いお客様の数で決まる」というのが事業の基本です。自分を応援してくれる強力なお客様の存在がいかに重要かを示す言葉でもあります。私は講演の中で常に強調するのはこのことです。「We live on the lists」（私たちはお客様の名簿の上で生活している）の言葉も紹介しながら、お客様の存在を無視してはどんな事業も長続きしないことは、古今東西、商売の鉄則であることを知ってほしいからです。

ところが事業が少し順調に展開していきだすと、その状態は自分の力で為すことができたと錯覚する人がいます。そうした発想を生む裏には、お客様への感謝の気持ちやお客様の重要性が本当には分かっていないという、その人自身の心構え能力の不足が見られます。こういう人は残念ながら一度倒産してみないと、事業繁栄の真の構図を自覚できないと申せましょう。

第一章

苦しかったあの頃だが

~引き揚げから高校まで~

一　朝鮮から引き揚げてきて大牟田に落ち着く

難病との闘い

私は7歳上の姉と6歳下の妹の間に生まれたことで、年齢からいっても姉とも妹とも一緒に小学校に通ったことも、一緒に遊んだこともあまりありませんでした。その意味では、一人っ子の男の子として育ったようなものです。男尊女卑の環境で育った両親だけに、男の子の私を特別に可愛がってくれたこともあり、幼少時の私は精神的にひ弱な子に育ってしまいました。

その証拠に、2歳から8歳頃までの一人っ子か末っ子などの精神的に抵抗力の弱い小児がかかる病気がありますが、それに私は見舞われてしまったのです。

その病気とは現在でも原因不明とされる周期性嘔吐症（＝アセトン血性嘔吐症）という嘔吐を繰り返す別名「自家中毒」と言われている病気です。

原因は諸説あるようですが、その一つは、体内に蓄えられている栄養分（糖）が使い果されると、脂肪は分解されてエネルギー化されますが、それと同時にアセトンという物質が生じ、この物質が血液中で増えすぎると嘔吐症の原因となるのです。

嘔吐が激しく脱水症状になると、点滴で水分や糖分を補給しなければなりませんが、私はいつもその状態に陥り、その都度入院加療が必要だったのです。

この病気は、年3〜4回発症することが多いのですが、10歳頃までには自然に治るとされています。私も幼少時、毎年この病気に見舞われ、たびたび府立病院に入院していました。そのために学校を長期欠席することになり、私の小学校1〜2年の担任の先生には随分とご迷惑をおかけしたものです。

ところが終戦の年の9歳（3年生）になると、うそのようにこの病気から解放されました。そのおかげで、この年から学校も欠席しなくなりました。新しく担任になった女性教師は幸いに私に目をかけてくれ、成績も上位にランクされるようになりました。そんな時に終戦の日がやってきたのです。

終戦・・・運が味方する

終戦の日の1945（昭和20）年8月15日を、当時の小学生以上の日本人なら誰もがよく覚えていると思います。日本が大東亜戦争の相手の連合国からの戦争終結の要求を受諾したことを、天皇陛下が正午に国民にラジオ放送で伝えた日だからです。

その時は夏休みだったこともあり、私は近所の友達と蝉取りに出かけ、正午過ぎに帰宅しました。陛下の放送を聴いた母は「戦争は終わった。日本が負けた」と言葉少なに語りました。多分、前夜に父からその旨を聞かされていたのだと思います。

父は、仕事柄すでに終戦のことを前もって知っていたようで、15日の夕食時に母に「憲兵隊の家族は、8月17日、特別仕立ての船で内地に引き上げることになったから、その準備をするように」と告げました。母は「それは無理な話です。少なくとも2日は整理と準備の時間が必要です」と猛反対しました。

確かに母の言う通りで、父もそうだと思ったらしく、憲兵隊内で相談し直したのでしょう、結局8月18日に帰国することが決まりました。

終戦の日は水曜日でしたから、翌日と翌々日で母は姉と私の転校手続きや諸々の帰国の手続きをすべて終え、一家は18日の午後、父が用意したトラックの荷台に乗って、釜山港に停泊中の船に向かいました。

実は終戦日の夜から、現地人による「朝鮮独立万歳！」のデモがあちこちで起きていたため、父はトラックの四隅に武器を持った兵士に乗ってもらうように手配し、父も私たちと一緒についてきてくれました。

憲兵隊の家族約200人は釜山港の埠頭に集合し、夕刻に800トン前後の木造船に乗り込み九州に向かって出発しました。父は最後まで見送ってくれましたが、私は遠ざかる父の姿を見ながら、これが最後の別れにならなければいいがとフッと思ったものでした。しかし実際にはそうならなくて助かりました。なぜなら、満州から引き揚げてきた高校の友人の場合は、父親が途中でソ連兵に銃で撃たれて亡くなったのです。その友人に比べたら私たちは好運そのものでした。

このように、私は引き揚げの年に長年患った病気から解放され、父のおかげで終戦後、最も早い引き揚げ者になることができたのです。しかも終戦は夏休みのさなかでしたから、私の学業は中断することもありませんでした。これもまた私の運の良さを示す事例です。

死と隣り合わせ

引き揚げに際して、忘れられない思い出が3つあります。1つは当時の日本と朝鮮の間の対馬海峡には、米軍が投下した魚雷が多数浮かんでいるということで、船は魚雷を避けながら進むために、普通なら九州まで所要時間は10時間前後のところを20時間もかかりました。その間、木造の小さな船で揺れも激しく私たち一家を含め全員が船酔いで苦しみました。

2つは、上陸したのは門司港ですが、航路から見た若松から小倉までの工業地帯が空襲でやられていて無残な光景をさらしており、子供ながらショックを受けました。釜山は米軍機の爆撃を受けなかったのです。

3つは、門司港駅の構内で一夜を過ごし、翌日、鹿児島本線で熊本県に向かったのですが、久留米の手前の筑後川の鉄橋が爆撃で列車は通行できないことから、乗客は徒歩で鉄橋を渡らなければなりませんでした。400mもある長くて水面からも高い鉄橋を、家族4人で励まし合いながら恐る恐る渡ったあの時の恐怖感は今も忘れられません。

この時の思い出話をよく姉としたものですが、そのたびに姉もまた私と同様の感想を披瀝します。引き揚げることで必死だったからこそ、あんな恐ろしく危ないことも乗り越えられたのだと思います。

初めての農業体験

母の里に引き上げた私たち4人は、祖父母の世話になりました。祖父母の家の跡継ぎである母の兄と2人の弟たちの一家は、終戦時は北朝鮮の平壌に居たために、未だに帰国の途についたかどうかさえ分からない状況でした。

8月から12月までの4か月間は、私たち家族は祖父母の農作業を手伝いながら過ごしました。私にとっては全てが初めてのことでしたから、祖父母のやることが珍しく何でも喜んで手伝いました。たぶん江戸時代から続いてきた昔からの農業のやり方を実際に経験したのだと思います。さつま芋の収穫、米の刈り入れ、脱穀、小麦・大麦の作付け、麦踏み、蚕の世話、草履作り、薪割り、鶏や牛の世話など様々な農作業がそうです。

この一連の作業の手伝いで、私は丈夫な体作りができましたし、祖父母に叱られながらも手伝いを通して、少しは気の利く子になっていったように思います。

祖父は馬喰《ばくろう》という職業柄、牛の世話が上手で、私も見よう見まねで牛の餌である藁《わら》を刻んだり、牛の寝床作りの作業を手伝ったものです。また祖父が夜なべ仕事に藁草履《わらぞうり》を作っているのを見て、私も作業手順を覚え、自分で履く麦藁草履を作ることができるようにもなりました。

父が死亡？　しかし・・・・

ところで終戦後の外地にいる人の消息を知るには、毎朝の新聞に掲載される『復員だより』か

NHKラジオの『尋ね人』を聴くことしか方法はありませんでした。ある時、母が「お父さんが亡くなったと新聞に出ている」と泣きながら、私にこう言いました。「これからは真澄が田中家を背負っていかなければなりません。しっかりするんだよ」と。私は母の必死の言葉にただうなずくだけでしたが、子供心ながら何か重い責任を担わされる気持ちに襲われました。

しかし翌日、この父の情報は誤報であることが分かり、母と共に一家でほっとしましたが、父がいつ帰国できるかの確かな知らせは全くなく、一家の不安はずっと続きました。

幸いなことに父はその年の年末に突然帰国してきました。12月20日、朝、友達と登校中にバスから降りてきた軍服姿の人物を見て、私はすぐ父だと気づきました。「お父さん!!」と呼ぶ私を見て、父は「おお真澄か、元気だったか」と駆け寄って私を抱きしめてくれました。あの時の光景も生涯忘れることができません。

南朝鮮を統治するアメリカ軍に協力した功績で、父たち軍人の帰国が早くなったのでした。しかし父の場合は憲兵という職業柄、戦後も駐留軍の監視下に置かれ、1年に1度は呼び出しを受けて取り調べを受けていたようです。そのことについて父は私たち家族に何も話しませんでしたから、私には全く分からずじまいで終わりました。

私の実体験と違いすぎる今の日韓関係

昨今の日韓関係は正常な状態ではありません。私のように幼少期に韓国で過ごした人間は、当時の日本の植民地政策がどうであったかは、自分の経験した範囲でしか理解できませんが、戦時中の日韓関係はとてもスムーズにいっていたと思います。

日本人が韓国人を差別するような政策はなされませんでした。私の家族は釜山の日本人街に住んでいましたので、韓国の子どもたちと一緒に遊んだ経験はありませんが、街の中で韓国の子を差別したことは記憶にありません。

欧米諸国が植民地で原住民を差別し、酷使していた事実を戦後に知りましたが、当時の韓国で欧米のような植民地政策が行われていたならば、きっと暴動が起きていたはずです。

そんな空気は朝鮮全土に全くなく、日本が韓国を搾取するどころか、毎年の国家予算では韓国に持ち出すほどの援助振りであったことを戦後に知りました。

そのことは当時の韓国の要人はよく分かっており、日本に感謝こそすれ日本を憎むような気持ちは抱いていなかったと思います。そう感じたのは、１９８１（昭和56）年、私は姉と妹と一緒に、釜山時代の３つ小学校同窓会の合同企画による母校訪問の旅行に参加し、それぞれの母校を訪ねた時のことです。

その時、韓国側の３つの小学校の校長先生以下の諸先生は私たちを大歓迎してくれました。校舎は戦後26年後も当時のままに使われていました。先生たちは「日本のおかげでこんな頑丈な校舎で教育ができております」と感謝の言葉を口にしておられました。

日本は現地の人々に対して日本と同等いやそれ以上の善政を敷いていたのです。欧米諸国では考えられない素晴らしい植民地政策でした。

二　父の存在の大きさを改めて実感した

大牟田市で新生活

南朝鮮を支配したアメリカ軍は、同じく北朝鮮を支配したソ連軍と比較すると、日本軍に対しては穏便な対応で臨んでくれたことは、父にとっても家族にとっても幸いなことでした。

父は、私たち家族が母方の祖父母にいつまでも世話になっていてはならないと考えたのでしょう、正月前に父の実家に移ることになりました。父の実家の跡を継いだ私の伯父（父の長兄）と相談し、実家のスペースの4割を私たちが使うことになりました。伯父は父を昔、親代わりに世話をしてくれたこともあり、伯父たち家族6人の生活が不便になることを我慢し、私たち一家を温かく迎え入れてくれました。これは伯父の人徳だと思います。

伯父の家では10か月間過ごしました。しかし父は何としても早く自立しなければとの思いから、当時、九州で最も景気のよかった三池炭鉱の城下町・大牟田市《おおむた》（福岡県）の郊外に、父の従兄の世話で築30年の中古の4ＬＤＫの平屋建の家を見つけました。その家には周りに約１００坪の畑がついていました。我が家の食料不足を補うにふさわしい畑がついている家であったことは、願ってもない物件を手に入れられたものです。

購入に当たっては、父の姉である伯母と伯父に応援してもらったのだと思います。それだけ父も姉と兄からの「引き」を受けることのできる徳のある人でした。

その頃の大牟田市は全国で最も経済的に恵まれた地域でした。政府が傾斜生産方式という特定地域の産業を振興させるために戦後の政府復興資金を集中的に投入するという政策を、大牟田市に適応したことがその要因でした。とにかく戦後から昭和30年代前半までの大牟田は勢いのある町でした。丁度その時期に、私は小学校の後半から中学・高校時代を過ごすことができたのは幸運なことでした。

担任教師の引き立て

この政府の特別政策のおかげで、炭鉱関係者には、衣食住で不自由しない特別な配慮がなされました。国民が食料不足で、さつま芋・かぼちゃなどを主食にしていた時に、大牟田の炭鉱関係者は毎度、白米のご飯を口にしていました。私の家族は部外者でしたから、学校への弁当には毎度、芋やかぼちゃの入った弁当が当たり前でしたが、半数の級友は父親が炭鉱関係者であったことから、白米の弁当を持参していました。

当時は学校給食のない時代でしたから、このような弁当格差ともいうべき事態がまかり通り、私をはじめ白米の弁当を持って行けない生徒たちは引け目を感じたものです。

ところが私は引き揚げてきて以来、両親の郷里でも大牟田市に転居してからも、学校の成績は常にクラスでトップでしたから、弁当の格差があっても、それを惨めに思うことはありませんでした。昔も今もそうですが、我が国はどの地域でも優秀な生徒・学生を大切にする気風がありま す。その気風は戦後の食うや食わずの時代でも変わりませんでした。

その気風が私を助けてくれました。今も時折思い出すのですが、父の郷里の小学校で4年生になった時、私は級長になりましたが、担任の男子教師からは優遇されました。

たとえばクラスの数名にしか行き渡らない学童対象の配給物資の抽選で、私はいつも当選していました。級友は「先生は田中をえこひいきしている」と陰口をたたくので、私は先生と級友の間に立って困ることがしばしばでした。

しかしこの教師は本当に人のいい人で、私をどこまでも引き立ててくれたのです。どうしてそこまでしてくれたのかは分からずじまいでした。大牟田の学校に転校した時のことです。

その前任の先生は私の成績表に何かの推薦状を添付してくれていたようで、その内容を真に受けた転校先の女性教師は、さっそく自分が担当する教師同士による授業参観の時、主な発表者に私を当てて、かなり難しい教室での発表シナリオを覚えさせられました。幸いトラブルもなく済ませることができたことで、私は学内の全教師から目をつけられることになりました。

学期末の学芸会での4年生の出し物の進行役に私が指名されたり、翌年の5年生の終わりには卒業式で在校生代表として「送辞」を読むなど、学年の代表的な役割を担わされることが多かったのです。こうして大牟田での学校生活のすべりだしは順調にスタートしました。

小学校5年と6年の担任はベテランの女性教師でしたが、この先生も私を優遇してくれました。今も記憶に残るのは、先生と一緒に当時の福岡第一師範学校（現在の福岡教育大学）付属小学校の授業参観に参加した時のことです。

私がその時に抱いた教育格差の感覚は強烈でした。同じ小学校でも、学校によって設備や授業の方法などにこんなにも格差があるのか、やはり教育環境のいい学校に通う必要があるなと子供心にも感じました。この気持ちが潜在意識にあったために大学に進学する時の東京遊学につながったのです。

父の期待に応えたい！

それはそうとして、私の近所に光圓寺という「大牟田のたからもの100選」にも選ばれている真宗大谷派のお寺がありました。我が家は東本願寺派ですから大牟田に移住後、この光圓寺の門徒になりました。このお寺は1593年に肥前の国藤津郡で創建され、1607年に現在地に移された古刹で、当時の住職は15代目でした。この住職が大牟田では力のある方で市議会議長を務める政治家でもありましたから、我が家も何かとお世話になりました。

このお寺には子供会があり、小学生から中学生までの子供たちが毎週日曜日になると集まり、子供会を開いていていました。この子供会の世話役が後に16代目の住職となられた長男の方で、私に目をかけてくれて中心的な役割を与えてくれました。

特に夏休み・冬休みに演劇会や習字・図画の発表会などの活動が盛んでしたから、私は毎年のように演劇で主役を演じました。この時の経験が私のジェスチャーたっぷりの講演にもつながっているのかもしれません。

一方、父は元憲兵という職業軍人であったことから占領軍の公職追放により、一切の公的な仕事には就けなくなり、行商で一家の生計を立てることになりました。大牟田で仕入れた海産物を農村で売りさばき、農村で仕入れた農作物を大牟田で販売するという仕事です。

戦後の物不足が続いた昭和26年頃までは、こうした仕事は世の中からも求められ、父の仕事もうまくいきました。父は生来の働き者で、誰が見ても父の仕事振りは相当なものでした。そんな父の姿に日々接する私は、せめて勉強して父を喜ばせなければと思う毎日でした。

真っ黒に日焼けして自転車をこぎ続ける父を見るにつけ、戦前の父の姿を思い出しては胸が痛んだ。父の唯一の楽しみは私が学校でいい成績をとることだった。私は父に親孝行をできるとすれば勉強するしかないと思い、常に学年でトップクラスの座を維持するように努力した。

父は父で、私に不自由な思いをさせまいと、歯を食いしばって大学まで卒業させてくれた。その生きざままで、私に人生とは何たるかを教えてくれた。

拙著『リーダーの人間学』（中央経済社）

この文章は父が亡くなった翌年に書いたものですが、父に対する純粋な感謝の気持ちが背景にあってのことでした。父は寡黙《かもく》な人でしたから、私たちに自慢話はあまりしたことがありませんが、私は友達の父親と比較して、父ほど勤勉な人はいないと思いました。大牟田市から父が往来していた農村までは自転車で1時間半はかかりました。その距離を1日2往復しながら行商を続けるほどの働き振りでした。

そんなに働くことができたのは父が並外れた健康体に恵まれていたことです。と同時に子供たちにちゃんとした教育を施さねばならぬという強い信念があってのことだったのです。

明治維新でわが国は四民平等になり、武士階級は崩壊し、それに代わって学歴が人を評価する基準になりました。戦前は現在と違って国民の8割は小学校を卒業すると就職したものです。その中でサラリーマンになった人たちは、旧制中学以上の学歴を持った人たちに対して、職場では頭があがらなかったものです。

ですから戦前、父のように勉強ができても高等小学校卒で世に出た人の多くは、自分の子に学歴をつけさせたいと思ったのでしょう。しかも父はその思いが人一倍強い人でした。

父の思いに応えるべく、私は勉強では級友には負けないように努力しました。また我が家は早起きで働き者の父が君臨していましたので、家族も早く起き、いつも朝6時台には食事を済ませていましたから、学校への登校はクラスでも一番早く、そのために朝早く出てくる真面目な級友と仲良しになり、時間的に余裕があるため、何事も早めに準備することができました。

さらに父の指導で挨拶返事は大きな声で明るく、というのが我が家の流儀でしたから、学校ではどの先生にも元気よく挨拶を交わしました。そんなことから「田中は挨拶人間だ」と言われましたが、それは私への誉め言葉でもあったのです。

とにかく先生にも事務員さんにも気持ちのいい挨拶をし続けたことで、私は学校中のみんなから好かれました。私は「挨拶人間に不幸なし」という言葉をよく使いますが、これは私の造語であると同時に、私の歴史を物語る言葉でもあるのです。

父も母も、もともと農家の出身ですから農作業は得意でした。大牟田市の我が家の周りは約100坪の畑があると先述しましたが、両親はこの畑をフルに活用して我が家で使う野菜のほとんどを自分で栽培しました。もちろん、私も両親を手伝って、小学校の4年生後半から高校の2年生まで、作付けから肥料やり、収穫まで一連の農作業をこなしたものです。

この両親の手伝いで畑仕事を続けたことは、私の体を鍛える意味でもいい体験を重ねることができたと思っています。当時の中学校では学校の整地作業を生徒にさせたものですが、校庭の草取りは毎月のようにやりました。級友の中にはこの作業が嫌でよくサボる仲間がいましたが、私が普段の畑仕事の経験を活かして効率的に作業を進め、悪友たちの分まで処理していくものですから、サボり仲間たちから喜ばれ、彼らはいつも私の言うことは素直に聞いてくれたものです。

三　厳しい時代も気分は明るく生きられた

一所懸命勉強することで親孝行

父が大牟田市に一家で引っ越したのは正解でした。2つの理由からです。

1つは父の仕事のマーケット（市場）として当時の大牟田は最適だったからです。石炭景気に沸く町でしたから行商には打ってつけでした。父の扱う農産物はどこでも歓迎され、特に炭鉱関係者以外の家庭ではお米は配給だけでは足りない状態でしたから、商工業者など金回りのいい家庭から白米の注文は多く、父の扱う農家直産のお米は飛ぶように売れました。

父は農家をくまなく回りながら、お米の入手ルートを開拓していましたので、働けば働くほど商売繁盛につながりました。父が商売に懸命になった背景には、そんな事情もあったのだと思います。

2つは私の勉強のためにもよかったことです。当時の大牟田市は人口の急増地帯で、戦前は10万足らずの人口が戦後は一挙に20万人と倍増したのです。学校も毎年のように増え、それに伴って教師不足が続き、台湾・朝鮮・満州の植民地から引き揚げてきた教師たちが続々と大牟田に職を求めて移住してきました。そのおかげで、中学・高校にはそうした教師が私たちを待ち受けてくれていたのです。

戦前の教師は道徳教育の重要性をよく認識していたこともあり、戦後のアメリカ主導の教育改革には内心反対であったはずです。そうした教師の指導を受けた私は、日教組が唱える左翼思想に全く染まることはありませんでした。

父も戦前の職業で身につけた保守主義をかたくなに守っていた人でしたから、労働運動の盛んだった炭鉱の町に住んでいても、彼らの活動に批判的ではあっても影響を受けることはなく、私が保守的人間であることを助けてくれました。

そうした保守主義の環境に守られたこともあり、社会に対する批判精神が芽生え始める小学校5年生以後も、私は戦前からの徳育をベースとした生き方で育っていきました。

5年生で学年のトップの座を与えられてからは、そのままの勢いを6年生でも維持し、既述のように、小学校の卒業式では私が卒業生を代表して「答辞」を読むと共に、その卒業生の中で1人だけが選ばれる成績優績者に贈られる「市長賞」を授かることができました。

このことを両親は大変喜んでくれました。戦後の引き揚げで苦労してきただけに、その喜びも一入だったのでしょう。私もやっと少しは親孝行ができたとの思いに浸りました。

生徒会長という重責を担う

その後、中学校に進学したものの、校舎は小学校を間借りしての2部授業でしたから勉強の環境は最悪でした。しかしクラスメイトに女生徒では学年1番の成績の子がいましたので、この子には負けられないとの思いから、1年生の時も熱心に学びました。おかげで中学1年生も何とか1番の座を守ることができました。

2年生になると、向学心の旺盛な男子教師が担任となり、特に私に対しては「俺を超えていけ。今の成績に安住するな」と叱咤激励してくれました。その先生や父の勧めもあり、夜間の英語塾に週2回通うことになりました。徒歩と電車で片道1時間はかかる市内中心部の教会の英語塾で、生徒は社会人がほとんどで中学生は私だけでした。そのために授業内容も高度で大変な上に、帰宅が午後10時頃で遅くなることから辞めたくなる時もありましたが、我慢して約2年間頑張ったおかげで英語は得意な科目になりました。

3年生になると春の生徒会長選挙で私が選ばれ、1年間その役割を担いました。当時はGHQの教育改革で中学校に生徒会が誕生した初期の頃でもあり、学校行事では校長挨拶の後には生徒会長挨拶が組み込まれ、私にとっては心理的に大きな負担となりました。

しかしつまらぬ内容で終わるわけにはいかないと思い、市内の古本屋をまわり　戦前に発刊された演説に関する本を購入し、人前で話すための勉強をしました。この経験が後の私の話に活かされました。

秋の運動会で私が校長先生に次いで挨拶し、演壇を降りて所定の椅子に座った時、隣にいた体育の女性教師が「私は田中君の話をいつも楽しみにしているの。今日の話も面白かったよ」と耳元でささやいてくれました。この一言が私に大きな自信を与えてくれました。それまで自分の話にずっと不安を抱いていたからです。

以来、生徒会長としても一生徒としても、ますます積極的に活動しました。3年生の秋、高校受験準備のための予備試験が進学予定の生徒全員を対象に2回行われ、2回ともトップは私でした。このこともあって中学の卒業式では卒業生を代表して私が答辞を読み、卒業生で1人だけが選ばれる「市長賞」を小学校に引き続きまたも受賞し、あわせて義務教育9か年間の学業最優秀賞も同時に与えられました。

この他に、3年生の秋口に行われた福岡県の秋季火災予防運動の作文コンクールで私が知事賞を受け、福岡県庁で土曜日の午後に行われた表彰式に一人で参加し、表彰状と賞金を貰ってきました。そして翌々日の月曜日の全校朝礼で、改めて校長先生から表彰を受けたことを今もよく記憶しています。作文力を客観的に認められた初めての事例だったからだと思うのです。

中学校は今では廃校になりましたが、当時はスポーツ振興校に指定され、全学年でスポーツが盛んでした。私もクラスで5番目に背が高かったことから、春と秋の学年別クラス対抗陸上競技大会では、800mリレー・走り幅跳び・走り高跳びなどの選手として活躍しました。

リレーは足が速いわけではなく、みんなが尻込みすることから私にお鉢が回ってきたのです。この競走では2年生と3年生の時の合計4回とも優勝しました。私がいつも第1走者で10人中の4番以内に入り、残りの3人が1人ずつ抜いていくという形の優勝でした。

生徒会活動に受験勉強に全力

高校は市内にある3つの普通高校の1つに自動的に進学しました。昭和20年代の福岡県知事は社会党がずっと独占していたことから、県の教育政策は平等主義が前提となり、普通高校の場合は予め決められた校区内の高校にしか行けませんでした。

進学した県立高校は普通科と商業科が併存していました。この併存は進学を希望する普通科の生徒にとっていい制度ではありませんでした。その点、他の2校は普通科だけの高校でした。そのために受験教育環境としては2校とも私の高校よりもずっと上を行っていました。

この教育制度に対し私たち生徒の中でも優秀な生徒ほど不満でした。この不満を起爆剤にして、大学進学で他の2校に勝つことを目標にしました。偶然にも私の学年は優秀な生徒が集まっていましたので、当時の国立・期校への進学率では他の2校の上を行きました。

ところで私の入学した高校では新入生全員に入学前に召集がかかり、クラス編成のためとして英語のテストを受けさせられました。結果は私がもう1人の学友と同点1位でした。

そんな実績からか、入学式の新入生代表として私が全校生徒の前で挨拶をしました。このことがあったからでしょう、生徒会選挙で私は1年生ながら副会長に選ばれたのです。

1年生である私が副会長に選ばれたことに、商業科の上級生は面白くなかったらしく、私をつるし上げようと生徒会の会合で何かと難癖をつけてきました。これに対し私は正面から向き合い、誠心誠意対応し、生徒会の仕事を懸命にやっている事の数々を正直に答えました。そうすると彼らのリーダー格の生徒が私の一途な姿勢に感心したようで、いつのまにか私の協力者になってくれ、その後は生徒会の運営もスムーズにいくようになりました。

2年生では、生徒会長に選ばれ、受験勉強の大切な時期に生徒会活動と受験勉強を両立することに苦慮しました。そしてやっと3年生になって勉強一筋に打ち込めるようになりました。

九大を避け東京の大学を志向

1年生の春、講和条約が結ばれて父は公職に復帰して大牟田市役所に奉職し、私が3年生の時に市内中心地に新設された市民会館の管理人の任務に就きました。幸いに官舎も会館と隣接しており、一家でそこに移りました。

市民会館の隣が図書館でしたから、私は専らそこで受験勉強をしました。3年生の夏、進学先を決める際に担任の教師は九州大学を強く勧めてくれましたが、経済学専攻を希望する私は、その九大経済学部に進むのが嫌でした。九大はマルクス経済学者の巣窟で、三池炭鉱労組の運動を支援する向坂逸郎教授を中心とした左翼の先生たちが陣取っていたからです。

それともうひとつ九大に行きたくなかったのは、旺文社提供の文化放送の「大学受験講座」を聴いていたこともあり、東京の大学で教えている諸先生の話から、東京の生活にあこがれを抱くようになり、できれば東京で学びたいという秘かな希望を抱いていたからです。

しかし当時の我が家の家計では、東京の大学にいくことなど考えられないことでした。それでも市立図書館には進学に関する資料が何冊もありましたので、それらの資料を読みながら、九大の経済学部に行かないで、もし東京の国立大学で経済学を学べて、しかも私の学力と我が家の経済力でもいける大学はどこないかをじっくりと調べていきました。

東京の一期校で進学可能な大学となれば、東京大学を除けば、一橋大学か東京教育大学（現筑波大学）でしか経済学は学べないことが分かり、それぞれのアルバイトの事情や大学寮のことなどを調べました。

一橋大学は都下の国立《くにたち》市にあるためにアルバイト口は都心に比べて少ないこと、それに対して東京教育大学は家庭教師の口なら東京で最も恵まれている大学であり、家庭教師では東大生よりも教育大学生のほうに人気があり、教育大学生ならば学部に関係なくどんな学生でも家庭教師の口に困ることはないことが分かりました。

それに加えて教育大学の場合は、前身の東京高等師範学校・東京文理科大学の時代から寄宿舎が完備されていたという伝統があり、それを受け継いで戦後も、遠隔地の学生に対しては学生寮が十分に用意されていることも知ることができました。

こうした情報を父に伝え「東京教育大に行かせてほしい。学費は奨学金と家庭教師のアルバイトで稼いだ金で何とかするから」と頼みました。父は郷里の隣の部落に住んでいた10年先輩の金栗四三氏（東京教育大学の前身東京高等師範学校に進学、日本のマラソンの父と言われた）を尊敬していたこともあり、私の申し出を快諾してくれました。

四　貧しい時代に、東京遊学をしたのはこんな理由からだった

超難関大学を選ぶ

父の賛成で勇気づけられ、東京教育大学に進学することに決めました。あとはどのコースを選ぶかですが、この大学には経済学部はなく、文学部に経済学専攻という定員15名のコースと農学部に定員30名の農村経済学科（現筑波大・社会経済学コース）があり、そこで経済学を学ぶことができることが分かりました。

前者は美濃部亮吉氏を代表とするマルクス経済学者が集う教授陣に対して、後者は農政学・農業経営学・農村社会学・農村教育学の4講座があり、経済理論はマルクス経済学（マル経）ではなく、近代経済学（近経）が中心であることが分かりました。

父も私もマル経は性に合わないことから、定員も30名で、しかも学ぶ内容も経済学や社会学や教育学まで幅広く学べること、卒業後の就職先については、教育界は当然として、官公庁・現在の全農（当時の全購連と全販連が合併）などの農業団体・商社・新聞社など広く就職する先があり、学内でも人気学科と分かり、父とも意見が一致しこの学科を選ぶことにしました。

問題は競争率が5倍以上と難関なことでした。しかし私の進学条件を満たす学科は1期校にはここしかなく、ここに決めました。そして不合格の際は2期校の東京学芸大学を受験することにし、東京での進学に万全を期しました。

父が作った東京生活の基盤

こうして私の志望大学は決まったのですが、担任の先生は、私が九州大学を受験するものと予定していたらしく、「私に相談なく勝手に決めるとは何事だ、私からお父さんに話す」と言って、実際に我が家にやってきて、父を説得しようとしました。

ところが父は頑として先生の意見に従おうとはしませんでした。結局、私どもの志望が認められましたが、このことから先生と私との関係は冷たいものにならざるを得ませんでした。

父は私が東京に受験しに行く時に一緒に行くと言い、東京での宿泊先を決め、3月初めの試験日に備えて2月末に上京しました。父が東京で憲兵として勤務したのは昭和初期であったにもかかわらず、父は東京の地理や都電のコースなど詳しく覚えていたのには驚きました。

つまり戦後10年経っても、都内の様子は30年前と変わっていなかったのです（大きく変貌していくのは昭和39年の東京オリンピックの時からでした）。

3月3日の受験当日、父と一緒に試験会場に行った後、私が受験中、父は都庁を訪れ、大牟田市役所の福祉部長の紹介状を持って東京都福祉保健局を訪ね、紹介先の担当部長に会い、私が教育大学に合格した後のアルバイト先の相談をしたようです。

丁度その時、都下の福祉施設の理事長が来ていて、父の話をそばで聴きながら、「息子さんが合格したら私の施設の子供たちの家庭教師として来てくれませんか」と言ってくれたようです。その提案に父もその場で了承し、「試験終了後に息子本人と一緒に施設にお邪魔します」と約束したのです。

その晩、父からその話を聞き、これはどうしても合格しなければならないなと思いました。幸いに数学の難しい問題が解けたことから、これで点数が稼げるので受かるかも知れないと期待を抱き発表日まで待つことになりました。

父が約束した都下の福祉施設への訪問は、試験が終わった翌日に果たしました。理事長には「もし教育大学がダメな場合は学芸大学を受験します。ご期待にそえるように頑張りますから、よろしくお願いいたします」と挨拶したところ、先方は気に入ってくれ、合格が決まり次第できるだけ早く上京してほしいとのことでした。

普段の勉強の大切さを実感

3月16日の合格発表の日、頼んでいた電報が午前中には届かず、私はだめかもしれないと腹をくくっていたところ、午後1時頃、やっと合格電報が届きました。両親に報告した後、自転車に飛び乗って学校に報告に行き、さらに1時間はかかる姉の家に行きました。受験前の1週間、姉の家に泊まり込み、最後の仕上げの勉強をさせてもらい、お世話になったからです。

学校では校長先生が喜んでいたそうで、「わが校から教育大学に入学する生徒が出たことは名誉なことだ」と、さすが校長先生だけあって教育大学の教育界における偉力をよく知っておられたのです。戦前は東京高等師範・東京文理科大学の卒業生が教育界のエリートコースを歩んだことから、この校長先生の言葉には実感がこもっていたことになります。

この事例は戦後10年目のことです。それほど戦後間もない時代の旧制東京高師・東京文理科大は教育関係者にとっては大きな存在だったのです。

さらに校長先生は卒業式でも私のことに触れ、「今年の卒業生はこれまでにない素晴らしい結果を残してくれた。校長として心からお礼を申し上げたい」との挨拶がありました。

国立1期の合格情報がひと通り伝えられると、やはり下馬評通り、受かる見込みのある仲間は受かっていました。7科目の国立大学の試験では一発勝負は無理であり、やはり普段の勉強が大切なことが証明されていると、当事者の私も実感させられました。

教育大学に合格したので、福祉施設の理事長との約束もあり、またせっかく東京学芸大学の受験手続もしていることだから、その試験も受けてみようということで、3月20日には上京し、都下の福祉施設で泊まり、翌日、小金井の東京学芸大学の入試に臨みました。教育大学と違って、入試問題は易しかったことが記憶に残っています。結果は合格し、福祉施設の理事長はさらに私を信用してくれました。

学芸大学の入学試験を受けた時、国立1期と2期の差を感じました。その差は今も関係者の間では潜在的には存在しているのではないでしょうか。

国立一期は旧制の帝国大学を中心に、旧医科大学系、旧工業大学系、旧商科大学系、旧文理科大学系の戦前から大学であったグループであることから、どうしも優秀な学生は1期校を目指すことになり、一方の2期校は旧制の高等専門学校が中心であったため、2期校はあくまで滑り止めの大学として受け止められる傾向が強かったものです。私もそのような感覚でした。

しかし1978（昭和53）年、大学共通第一次学力試験を導入することをきっかけに、1期と2期の区別が廃止され、国立大学は1校だけしか受験できなくなりました。私はこの変更は大学の格差を解消する意味でもいいことであったと思っています。

大学に行かない選択

私が大学を受験した時代は、高校から大学に行く人は学力と経済力のある生徒で全高校生の2割程度で、しかも大学数は少ないため受験者のレベルも高く、大学入学後も多くが真面目に勉強しなければ、卒業できない大学が多かったと思います。しかし最近は大学進学率が6割になり、大学によっては推薦入学制度を活用することで無試験でも大学に行けるところが増えています。

こうなれば、当然の結果として、受験生全体の学力は低下することになります。私が受験勉強に必死に打ち込んだのは、そうするのが当たり前だったからですが、受験勉強をしないでもいける大学が増えてくれば、その影響は学力低下に直結していきます。その結果、大学生の学力は当然低下していくのは自明のことです。

そのことを考えると、何となく大学に行くという今の風潮は危険です。それよりも進学は専門的な能力を磨いていく方向でとらえるべきです。現に大学を出てサラリーマンになったものの中年でリストラに遭い、毎日パートの仕事にしながら暮らしている人が増えています。

大学には進まず、専門学校に進学し好きな分野の専門技術を身につけて、今では技術者としてその世界の実力者として大活躍している人を私は知っています。こういう人は中高年齢になっても確かな技術を身につけていますから、リストラの心配はありません。そういう現実を目の当たりにしますと、今後の日本人の生き方は、ここへきて大きく変わらざるを得なくなってきていると言えましょう。

しかしながら今更、そうできない人のために、私は心構えを磨くことで、周りの人々の力を借りながら独り立ちができることを、ここでご紹介し、多くの皆様がその生き方に気づいて、リストラを恐れず堂々と生きていく道を、しっかりと定めてほしいと期待しているのです。

私の講演後の感想に、「もう少し早く聴きたかった。どうして私は何の見通しもなく生きてきたのか、悔やまれます」というのがあります。これが今の多くのサラリーマンの気持ちなのです。かつて私はこのことを次のように書きました。

サラリーマンと事業主である個業家との違いは何でしょうか。2つあります。1つは、労働基準法116条の第2項に示されている次の規定です。「労働基準法は、同居の親族のみを使用する事業主および家事使用人については、適用されない」

つまり、サラリーマンに対しては労働基準法が適用されるのに対して、事業主とその同居の親族には、労働基準法は適用されないということです。したがって、事業主はこの規定をフルに活用すべきです。働いて働いて働きぬいて、自立の人生を支える地盤、つまりマーケット（顧客の群れ）をしっかりつかんでおくことが必要なのです。

ところがサラリーマンの中には、この事業主の特典がわからないまま独立する人がいます。そういう人は無意識のうちに労働基準法で守られている働き方しかできません。休日は休むのが当然、長時間労働はやらない、低収入は不満だ、といった発想から抜け出せないのです。

しかしその発想では、自分のマーケットは築けません。なぜなら、サラリーマン的な自分中心の働き方でしかないからです。事業主の働き方は、あくまで顧客中心の働き方であるべきです。

〈拙著『21世紀は個業の時代～個人企業・自営業・SOHOで自立を～』（ぱるす出版　２００４）

今や事業主になる将来像を抱くことが、リストラを乗り越える責務がある多くの日本人に求められてきています。このことの重要性を、日本のマスコミは明確に国民に訴えて欲しいものです。そうすれば国民も事業主への夢を本気で抱き、そのための人生を歩み直すはずです。

第二章

東京教育大学時代をどう過ごしたのか

一　知人の少ない東京で苦労なく大学生活を送ることができたのは

「息子をよろしく！」母の手紙

東京には父方の知人はおらず、母方の遠い関係者が2人いました。2人とも母の従妹で、若い時の母は、この2人と仲良しで共に和裁学校に通ったそうです。筆まめな母は結婚後も2人とはずっと手紙のやり取りはしていたらしく、私が東京で暮らすことになり、この2人の中の一人が東京に住んでいたので、その人に「息子をよろしく」と伝えてくれていたのです。

その人は世田谷に住み、ご主人は福岡県警を定年退職して家族と共に東京に移住し、その時はクレジット会社の顧問をしていました。

もう1人は従妹の夫の妹が江東区に住んでいました。母の従妹の夫の妹という私とは血のつながりのない親戚とは言えないご縁の人でした。ご主人はゼネコンに勤め、仮設資材を扱う部門のトップで、島津藩の家老の子孫であるだけに教育に熱心な方でした。その方は旧制神戸高商（現神戸大学）のご出身で経済学に詳しく、それ以後、就職するまで私の相談相手になってくださった方で、この方と知り合えたことは私の好運の一つであったと思っています。

この両家にご縁ができたことで、休日を利用して時折お邪魔しましたが、いつも快く私を迎え入れてくれました。世田谷のお宅では、2階の一間《ひとま》を学生に貸したいとのことで、早速、私の中学・高校時代の友人で中央大学に通っている仲間を紹介しました。

江東区のお宅では、4人（上3人は女子、下が男子）の子供が私になついてくれたことで、お邪魔するたびに勉強の相手をしたりして一緒に過ごし、普段の私に欠けていた家庭的な雰囲気を味わうことができました。

人とのつながりの大切さを実感

父が見つけてくれた都下の福祉施設の子供たちの勉強を見る家庭教師の仕事は、その施設に住み込み、朝夕の食事付きで、勉強の指導は夜間に行うことでした。当時の福祉施設は年中無休でしたから、私も当然その体制で臨むことになりました。手当は月5000円という条件でした。私としては奨学金とこの手当があれば大学に行く上で不自由はしないことから、最初は喜んでこの条件の下で働くことを引き受けました。

大学では教養課程と教職課程を最初の2年間ですべて履修することにしましたから、毎日がびっしりのスケジュールでした。他の大学では教職課程を取ることは容易のようでしたが、さすが教師養成に伝統のある大学だけにそうはいきませんでした。

しっかり授業に出席し、試験の結果が良くなければ、教師免許は取得できない仕組みになっていたため、大学での最初の2年間は、毎日が勉強の連続でした。

そんな厳しい日課では、福祉施設の夜間の仕事は早晩続かなくなると考え、夏休みを除いた6か月間だけお世話になり、その後は大学の学寮で生活することにしました。そのことを理事長に伝えたところ、大学での過密スケジュールの状況を理解してくれ、10月で福祉施設を辞めることを認めてくれました。お陰でスムーズに学寮に移ることができました。

見ず知らずの私を教育大学に合格したという事実だけで、家庭教師の職員として採用してくれた理事長は「女傑」と言われるほどの腹の座った方でした。わずか6か月でしたが、この方にお世話になったことは私が人生を歩む上で、参考になることが多かったのです。

その最大の収穫は人的ネットワークを築くことを非常に大切にすることでした。そのきっかけとなるのは、困った人を助けるという精神で人に接していれば、自然に人との交流が増えていくということを学んだことでした。

事業主の生き方を肌で知る

私が入った学寮は板橋区常盤台にある桐花寮で、当時400人前後の学生が入居していました。寮の構造は2階建、1部屋4人で2段ベットと4つの机が備わった勉強部屋となっており、1棟20部屋でした。朝夕の2食は平屋建の100人は収容できる食堂で摂り、朝7時から夕方は夜9時まで利用できました。

献立もよく考えられており、私は不満に思ったことは一度もありませんでした。この寮は私の大学生活に関する環境としては申し分なく、この寮の存在で私はいい学生生活を送ることができたと今も感謝しています。考えてみれば、これも東京教育大学に進学したおかげです。私の運の良さがここにも出ています。

桐花寮の存在は板橋区・豊島区・練馬区など都内西部地区ではよく知られており、寮の事務所には家庭教師の斡旋依頼が絶え間なくきていました。私も寮の事務所を通して、家庭教師先を紹介してもらい、食事付き・1週2回・1回2時間の授業・報酬月４０００円という条件で引き受けました。結果、大学4年間で4家庭の小中生の有名校受験の指導を重ねました。

私の家庭教師の訪問先は、どこも事業主の家庭でした。戦後10年後の当時のサラリーマン家庭はまだ質素な生活を強いられていましたが、事業主の家庭ではすでに経済的に余裕が出てきており、それが家庭教師への依頼につながったのだと思います。

家庭教師のメリットはご両親と授業後に懇談の機会を持つことができることでした。それは私にとって大学では得られない数々の貴重な情報を手にする機会ともなりました。

終戦直後は、事業主としての成功のチャンスをつかむ日々であったのは当然ですが、誰もが成功したわけではありません。その辺の事情を当事者のご夫妻から直接聴かせてもらえたことで、私の人生に対する考え方も大きく変わっていきました。

大学を出たら大企業に勤務し、そこで活躍することしか考えていなかった私は、初めて直に接する事業主の方々の生き方に大きな刺激を受けました。そこにはサラリーマン人生では味わえないやりがい・生きがいがあることを知りました。

もちろんサラリーマンの生活に比べれば、失敗の危険はあるものの、成功すればサラリーマンでは得られない経済的な報酬や精神的な充実感を得られる可能性があります。そこに私は大きな魅力を感じるようになっていきました。

そこで大学の後半の2年間は、授業はサボらないで真面目に受けながらも、一方で時間があれば、事業主になるための具体的な生き方を探ることに時間を活用することにしました。

勉強の日々

当時の私の趣味は休日に神田の古本屋街に出かけることでした。そこでいつもは大学の授業に関係する専門書を探すのですが、同時に事業で成功した事業主の本を立ち読みし、興味深いものであれば購入することを楽しみにするようになっていきました。

戦後十余年の当時は、松下幸之助や本田宗一郎のような戦後を代表する成功者の本はまだ出ておらず、戦前に成功を遂げた岩崎弥太郎・渋沢栄一・安田善次郎・大倉喜八郎・浅野総一郎・野村徳七ら、戦前の日本の財閥を形成した創業者たちに関する本を選んでいました。

大学で教養科目と同時に教職科目を2年間で取得するとなれば、2年間で約2000時間も勉学に当てなければならず、これはかなり厳しいスケジュールでした。最初の2年間を頑張れば社会科・職業指導の教員免許状が取得できるのであれば、教育大学に進学したのだから教師になるかならぬかは別として、教員免許状だけは何としても手にしておこうと思いました。

そして大学で毎日過ごす時間は、無駄なく教養と教職の科目を学ぶ時間に当てることにしました。こうした学び方を他の学友も同様にしていましたので、みんな最初の2年間は終日、大学内での授業に張りつかざるを得ませんでした。

当時の教育大学での学期末試験はレポート提出ではなく筆記試験で、しかも採点は伝統のせいか厳しく、科目の単位を得るために必死で学習する必要がありました。寮の仲間も事情は同じでしたから、アルバイトと両立させることもあり、のんびりする時間は日曜日ぐらいでした。

したがって私の大学生活の最初の2年間は、大学の授業に関する学習とアルバイトによって費やされました。寮では毎日黙々と机に向かっていたことしか記憶にありません。

その甲斐あって教育実習以外の教職科目は最初の2年で取得できました。教職科目を全て取得でき教壇に立てるという保証を手にしたことは、生きる自信につながりました。

超一流の教授陣に学ぶ

桐花寮の中には、卒業後に教職に就くことを全く考えていない学生も少数はいました。主に理系の学生で、将来は理化学系の会社に就職することを目指している人たちでした。しかし当時の昭和30年代の初期は、まだまだ大企業といえども経営は厳しく、新人を多く採用するゆとりのある企業は少なかったことから、多くの学生は、就職難の時代の保険として教職の資格を取っておくという考えを持っていました。

私も将来は事業主になるという夢を抱くようになってからは、教職の資格は取得するものの、それはあくまで就職のための保険であり、できれば活用しないで済んでほしいと思っていましたが、実際にそうなりました。一方でその後、教職資格を取得しておいてよかったと胸をなでおろす経験を幾度もしました。

と言いますのは、教職課程で学んだ「倫理学」「心理学」「哲学」といった心の法則を学ぶ学問は、教育大学の諸先生の多くが日本を代表するその道の権威者であられたからです。そういう諸先生の謦咳《けいがい》に接することができたことは、社会教育家を肩書にしている私にとっては、一つの勲章だと思えるのです。

2年前、某市の老人大学の講演に招かれた時のことです。お世話役の方は元高校の校長先生で、私が東京教育大学の卒業生であることをよくご存じの方でした。その方は私より3歳ほど年下の方でしたが、大学受験では私と同じ大学を志望されたものの、受験当日に急病に見舞われ、その結果、別の大学に進まれたという経歴の持ち主の方でした。そのことを今も残念に思われていたのには驚きました。それほど当時の「東京教育大学卒業」という経歴は、教育界では力になったのです。

二　卒業後の進路をどのように決めていったのか

竜野四郎先生のこと

大学の教養課程で必死に勉強した甲斐があり、専門課程に入ると時間的に少し余裕ができ、専攻した農村経済学科の4つの講座を楽しみながら受講しました。

ところで東京大学、京都大学を始め旧帝大系の大学は「農業経済」の名称であるのに対して、東京教育大学だけが「農村経済」という学科名を使ったのには理由があります。

それは戦後の新制大学が発足した1949（昭和24）年の日本は、全就業人口の48％が第1次産業に属していました。つまり当時の人口の約半分が農林漁業に従事していたのです。その経済環境を前提に、教育大学では農業社会を広くとらえ、農業に関する経済・経営・社会・教育のそれぞれの側面から研究するという意味で「農村」の名称を使うことになったそうです。

それは農学的色彩よりも社会学的色彩が強いことを示しています。専門課程に入ってから同学科30名の仲間たちは、日々の授業でその傾向を感じることになりました。そのひとつに、3年生の夏、農村調査のエキスパートの竜野四郎助教授の下で、神奈川県伊勢原市郊外の農村調査を仲間30名全員で行ったことで、その社会学的側面を自覚しました。

野尻重雄先生のこと

農村経済科の4講座の中で、最も人気のあったのは野尻重雄教授の農村社会学の講義でした。野尻先生は1897（明治30）年のお生まれ、教育大では最長老格で、農村経済学科の生みの親であられ、付属の小学校校長や学部長など学内の要職を歴任された方でした。

先生は「京都師範→東京高等師範→京都大学」のご経歴の後、戦前は東京高等師範の教授を務められました。先生が1942（昭和17）年に出された『農民離村の実証的研究』（岩波書店）は当時の農村における農民の実態を知る上で貴重な研究であると言われ、現在でも古書展で出されています。私は偶然、神田の古本屋でこの本を発見し今も大切にしています。

先生は京大時代の同窓生で、政界で活躍中の政治家の方々を教室に特別講師として招き、私たち学生に生身の政治家の話にじかに触れる機会を作ってくださいました。

自民党の重鎮で建設大臣・内閣官房長官・農林大臣・政務調査会長などを歴任された根本竜太郎氏や、社会党で委員長・衆議院副議長を務められた勝間田清一氏らの大物が来られ、貴重なお話を拝聴しました。

私たちは野尻先生の東京教育大における最後の教え子でしたから、退官前の最終講義を受講できたことは貴重であり、いい思い出になりました。また桐花寮の仲間と先生のご自宅にお邪魔し、昔の貧乏時代の話をうかがえたことは、私の貴重な思い出でとなりました。

野尻先生は、退官後は京都学芸大（後の京都教育大学）の学長に就任されました。

野尻先生の片腕の竜野四郎助教授は農村調査の権威で数々の業績を残されましたが、同時に学生委員として私たちのよき相談相手でしたので、私は気軽に先生の所にお邪魔し、奨学金の増額をはじめ諸々の相談に乗っていただきました。

竜野先生が退官記念論文集としてまとめられたご著書『日本農村社会の史的展開～その実証的分析～』（筑波書房）も、私の大切な蔵書の1冊となっています。

私が卒業後4年目に結婚した時、竜野先生に披露宴の主賓をお願いしましたが、そのスピーチで私をえらく持ち上げてくださったことを今懐かしく思い出します。

竜野先生が亡くなられた時に葬儀に参列しましたが、同期の仲間で他大学や他学科から転学してきた人たちもみんな来ていましたので、竜野先生の親身なお世話振りは、多くの学生に向けられていたことを改めて感じました。

野尻先生の下には竜野先生の他に優秀な助手の先生が4人もおられたことから、私は自然に野尻先生に卒論の指導をお願いし、実際には助手の方々の助言をいただきながら執筆しました。テーマは「農業法人に関する一考察」とし、農家を一事業体（法人）として捉え、事業主である農家の経営者の将来像や新しい時代の事業としての農業の在り方について、社会学的な立場から私なりの考え方をまとめました。

当時はまだ農業法人が議論される前の時期でしたから、私の提言は先駆的であったのではないかと自画自賛したことでした。

私が日本経済新聞社に合格したことを野尻先生にご報告した時に「田中君は何事も前向きだから新聞社にぴったりだと思う。大いに頑張ってくれたまえ」と激励されました。このお言葉は、私にとって大きな励みになりました。また野尻先生の講義における名調子の話法は、無意識のうちに今の私の講演の中で活かされているように思います。

浜田陽太郎先生のこと

農村教育学は東京高等師範・東京文理科大学を卒業された浜田陽太郎講師のご担当で、独自の教育論を展開されて、野尻先生と共に人気のある先生でした。浜田先生は大学の筑波移転に反対されたことから、その後、立教大学に転じられ、最後は立教大学の総長になられました。

三沢嶽郎先生のこと

農政学の三沢嶽郎教授は、東大出身で東京教育大学の新たなエース級の先生で1912年のお生まれですから、1952（昭和27）年講和条約が締結された時は40歳でした。戦後長く閉ざされていた研究者の海外渡航が解禁されると、先生はすぐにイギリスのオックスフォード大学に留学され、イギリスの農業政策を研究された戦後の代表的な農政学者です。

先生の数多くの論文・著作は今なお関係者の間で読まれています。先生は農林省の審議会や調査会の主要なメンバーとして、霞が関の農業政策に対しても大きな影響力をお持ちでした。

私は三沢先生には個人的なご指導をいただく機会はなかったのですが、私が日経に入社が決まった時には「うちの学生はもっと民間で活躍してほしいと思っていたから嬉しいよ」と心から祝福してくださいました。

林純一先生のこと

農村社会学担当のもう一人の先生に林純一教授がおられました。やはり東大出身でしたが、この先生はざっくばらんで何事にもオープンマインドな方でした。私が日経の筆記試験に合格し、面接試験に臨むに当たって、先生に「日経の有力者をご存じありませんか」と尋ねたところ、「私の友人で毎日新聞社の重役がいるから、その人に頼んでみるよ」と気楽に引き受けてくださいました。そして日経の役員面接試験のメンバーの1人に頼んでくださったことが入社後に分かりました。その方は広告担当の役員であられ、私の入社をとても喜んでくださいました。

舘稔先生のこと

外部からの講師の中で、私が最も熱心に聴講したのは当時のわが国の人口問題の第一人者・厚生省人口問題研究所所長の舘稔氏の「人口論」でした。人口問題は単に出生政策だけでなく、食料問題・国土計画など多方面に関係すること、人口に関する国際会議で議論されるテーマなどの興味深いお話は、私たち学生の知識欲に火をつけてくださいました。この講義のおかげで経済問題を考える場合、人口の側面から検討する習慣が身につきました。

教育実習が評判

4年生の新学期が始まると、教育実習で付属高校の生徒に教えなければならない機会がやってきました。私は埼玉県坂戸に所在する東京教育大学付属坂戸高校で社会科の授業を担当しました。教育大出身の指導教官が厳しい方で、事前の準備から授業後の反省まで、きちんとチェックを受けました。

この実習では私の授業が面白いという評判が立ち、手の空いている実習生が交代で授業参観に来てくれたのにはまいりました。実習が終わり全校生徒とのお別れ会で私が実習生を代表して挨拶しましたが、これが爆笑の連続で私にとっても思い出深い実習になりました。

こうして諸先生による指導を受けながら、日本の主産業の農業を多方面から見る目を養うことができ、事業としての農業を考えると同時に、私自身も将来は1人の事業主として生きることへの展望を抱く足がかりをつかむことになりました。

そしてその志を実現するにふさわしい就職先を選ぶことにしました。就職斡旋の学部窓口には、教育界や官公庁以外では、現在の全農・全共済・商社・新聞社・出版社などから依頼がきていました。私は日経・読売・全販連を選び、どれも合格したことから前述の通り日経に決めました。

三　なぜ教育界に進まなかったのか

なぜ君は教育界のエリートにならないんだ?

私が日経の入社試験の役員面接で、後に社長になられた当時の大軒順三常務から「君はどうして教育界に進まないのか。教育界なら君はエリートとして活躍できると思うのに」と尋ねられました。

もちろん私なりの答えを述べましたが、この質問は当時、多くの人から訊かれたものです。それほどその頃の教育大の価値は教育界では断トツに高く、実際に当時の教育大の卒業生の大半は世間の評価に見合った教育界に就職先を求めたものです。

そんな雰囲気の中で、私も4年生の夏休みに帰郷する際、野尻先生から「私の東京高等師範時代の教え子が福岡県教育庁次長をしているから、訪ねてみるといい」と言われ、その先輩のところにご挨拶に伺いました。その時「君が教育庁に就職を希望するのだったら、私はいつでも君の力になってあげるよ。その時は遠慮なく相談してほしい」と言ってくださいました。

実際、当時の福岡県の教育庁では、職員の出身大学は東京教育大学と広島大学の2つの大学閥で占められていたようです。そういえば確かに私の母校の高校の教師から福岡県教育庁に転じられた方がいましたが、その方も東京高等師範のご出身でした。

もし私が野尻先生の教え子のお世話で福岡の教育庁に就職していたら、同県の教育界でそれなりの出世街道を歩み、今とは全く違った人生を歩むことになっていったと思います。

しかし戦後14年目の当時は現在と違って、公務員は給与も低く優秀な学生にとっては人気のない職種で、彼らは霞が関の高級官僚以外は、民間の一流企業を目指したものです。現に私の高校時の仲間で国立1期校に入学した者は、1人を除いてみんな民間企業に就職しました。

私の中学時代の親友に肺結核のため進学が遅れ、私よりも3年後に社会に出た仲間がいます。彼は九州大学法学部を卒業するに当たって、どうしても東京の一流企業に就職したいと言って、私のところに泊まり入社試験を受けました。

その時私は「君は体のことを考えて、地元の福岡県庁あたりに就職したらどうなの。九大法学部の出身であれば、それが最高の選択肢だと思うよ」と強く勧めましたが、彼は頑として民間企業に行くのだと主張し、そうしました。

当時の世の中の雰囲気からすると、そういう風に行動するのが、特にできる学生の普通の在り方でした。その点、今とは全く違っていたのです。

当然ながら、私もその友人と同じように、官公庁に勤めるよりも民間で活躍したいと強く望んでいたことから、東京で民間企業に就職できるように努力し、その就職先で将来の独立自営のための経験をたっぷり身につけたいと考えていました。

したがって教育庁に強いコネがあるとしても、そちらに行く気はありませんでした。現在のような時代であれば、その親友などは私の意見を受け入れて福岡県庁に入ったかもしれません。しかし彼としては大企業で得意の英語を活かし海外を飛び回り、存分に活躍したいと望んでいたのでしょう、実際にヨーロッパ全域を担当し多忙で病に倒れるまで頑張り通しました。そして60歳を前に亡くなりましたが、そのことを彼は決して悔いてはいなかったのです。

彼の懸命な仕事ぶりは周囲もよく理解していたようで、彼の殉死に近いその生き方を会社は忘れておらず、彼の長男は最初、父親とは違った会社に就職しましたが、ほどなく父親の会社に再就職しました。きっと彼を知る上司や仲間たちの応援があってそうなったのだと思います。これも彼の人柄と一途な生き方がその結果を生んだのです。

皇太子ご成婚！　メディアの実態を知る

ところで、日経に入社が決まり、卒論の執筆にかかっている10月末に本社から新入社員全員に非常召集がかかり、秘密の仕事に従事することになりました。それは当時の皇太子殿下のお妃が決まったものの、婚約発表は11月27日とマスコミ内の協定で決まったということで、その発表までの間に号外やら新聞本紙に掲載する特報の準備の手伝いに駆り出されたのです。

したがって一般の人が知る前に新聞社の人間は妃に内定した正田美智子様のお写真や関係記事にたっぷりと接することができました。その時に新聞やテレビの報道は、内輪の協定で発表が左右されることもあると知りました。つまり世の中の情報はマスコミの操作による影響も大きいことを改めて認識し、以後はマスコミの報道に一歩距離を置いて接することにしました。

それとは別に、皇太子殿下は美しい女性を選ばれたものだと美智子様のお写真を仲間と拝見しながら語り合い、婚約発表に至るまでのお二人の秘話を綴った記事を読み込んだものです。

１９５９（昭和34）年の３月に教育大学を卒業しましたが、その時の学長はノーベル賞を湯川秀樹氏に次いで2番目に受賞された朝永振一郎《ともながしんいちろう》氏でした。したがって私の卒業証書の学長名も氏の名前です。氏のお話振りは軽妙洒脱《けいみょうしゃだつ》で有名でしたが、卒業式の挨拶も上品な笑いが伴うものだったと記憶しています。

実は「朝永振一郎学長の桐花寮祭での講演」とパソコンで検索すると、氏の講演が聴けます。学長が学生寮まで足を運んで講演してくださったことは、朝永振一郎氏の飾らないお人柄がよく現れています。後にノーベル賞を授賞された小柴昌俊氏は、東大教授時代に教育大の学長室に朝永氏を訪ねられ、昼間からウイスキーを飲み歓談されたと自叙伝にありました。

第三章

販売現場で学んだ日経駆け出し時代

一　日経を選んだことは間違っていなかった

スタートは業務局調査課

卒業式の前に私は学寮を出て、寮から歩いて20分の板橋区上板橋のアパートに引っ越しました。このアパートには1年半ほど居住し、次に神奈川県鶴見にある公団住宅の単身者住宅に移りました。この住宅は鶴見駅から10分足らずの丘の上にあり、見晴らしも良く快適な住まいでしたが、入社して3年間は毎日遅くまで勤務していましたから、住まいは寝に帰るところでしかなく、ほとんど当時の思い出はありません。

その頃は土曜半休であったものの昼から帰宅した記憶はなく、しかも日曜日も交代勤務で私は先輩の分も引き受けて出勤していましたので、最初の2年はほぼ年中無休の生活でした。

当時は日曜日の夕刊も発行されていたことから、社内の施設も年中無休で開いていました。そのため私のような独身者は土日の出勤でも食堂で朝昼晩の3食を利用できて助かりました。

入社して最初に配属されたのは、業務局調査課で、ここは業務関係の調査資料や刊行物を制作する部署でした。私は『日経手帳』という月刊の刊行物や『日経写真ニュース』の編集補助、アメリカから届く資料の翻訳などの仕事を担当しました。きっと私が教育大の出身だからということで、調査関係資料の翻訳の仕事があてがわれたのでしょう。

しかし私としては販売の現場で経験を積むことを望んでいましたので、課長にその旨を話し販売部への異動を強くお願いしました。この課長は話の分かる人で、早速人事部長や営業担当役員に掛け合ってくれ、私の希望通りに当時の販売部の都内課に移ることができました。

もしこの時、最初のまま調査課に留まることになっていれば、私の運命も変わっていたと思います。なぜならこの調査課はその後、企画調査部として日経の営業全般の参謀本部的な役割を担う重要な部署となり、数多くの優秀なスタッフが配属され、その中から3人の大学教授が生まれ、定年前に大学に移籍していったからです。

そのうちの1人は東大出身、私より4年先輩で、あとの2人は教育大出身で私より6年後輩でした。私がここで仕事をしていれば、この3人と同じ運命をたどったかもしれません。

そうならずに済んだのはその時の調査課長のお力によるものです。とにかく入社早々から、私の希望通りの道を歩ませてもらえたことは幸運でした。それだけ日経には物事を柔軟に受け止めてくれる諸先輩が豊富にいたということになります。とにかく私は販売部に行けたことで、私の将来に対する展望はグンと開けていきました。このひとつを考えても、読売でなく日経を選んだことは間違いではなかったのです。

このように私は、いつもいい上司に恵まれていました。それは私が職場に配属されると、早朝出勤と周りへの挨拶・返事の励行を行っていったことが、起因になったと思います。

松本順氏の著作に刺激

私が日経入社後、最初に購入した本は経営指導家の松本順氏の『生活に役立つ心理学』(ダイヤモンド社)です。この本の中に「よい習慣は生活を能率化する〜条件反射の形成〜」という次の一節があり、この一文は私が志向しようしていた生き方を大きく後押ししてくれました。松本氏の心理学的指摘は、社会人1年生私の頭にストレートに入ってきました。

人間が毎日複雑な仕事をあまり労力を使わずにやりこなしていけるのも、条件反射のおかげである。だから仕事の面でも、最初は苦労しても、よい条件反射をつくっていけば、むずかしい仕事も楽にやれるようになる。

ところが、たいていの人はしばらく一所懸命にやるが、もうすこしやれば条件反射が形成されると思われるのに、途中で怠けてしまうので、せっかくできかかった条件反射は消えてしまう。だから、つぎに始めるときにはまた同じ苦労をくりかえさなければならない。

ひとたび条件反射を形成してしまえば、いままで難しかったことも楽にやれるようになるので、つぎにいっそう難しいことに着手できるようになる。これもやがて条件反射となってさらに難しい仕事へと進む。このように条件反射をつぎからつぎへと形成していける人は、長い間にはたいへんな境地へと達せられる。これに反して、条件反射を形成できるまで辛抱して一つことをやれない人は、いつも同じことをくりかえして、すこしも進歩がない。
どの会社にも、定年近くまで働いていながらほとんど進歩しない人がいるものだが、こういう人は、よい条件反射を形成することができなかった人たちである。上役の前では熱心そうに働いて見せて、目のとどかないところでは適当にサボって、うまくやっていると思っている人は、一生涯かかっても一つのよい条件反射もできない人である。これがいかにマイナスであるかを自分で気がついている人はすくないのである。（中略）
すこしぐらいサボってもよいと考えることが、その人間の進歩をたいへん妨げるのである。

発行部数で評価することに疑問

新聞業界の長い歴史の中で、新聞社の優劣を決める基準は「発行部数」であることは業界人の常識で、今もそのことは変わりません。戦前は朝日新聞と毎日新聞が読売新聞よりも部数は多かったので、新聞社の序列は「朝《ちょう》・毎《まい》・読《よみ》」と言われてきました。しかし戦後は読売が部数を伸ばし、朝日を抜いて業界のトップに立ちましたから、読売新聞社の人たちは「今やわが社が一番！」という意識を持ち、世間に対してもそのように公言していました。

先に触れたように、私が読売と日経両社の入社試験に合格し、読売を辞退した時に同社の人事部に呼ばれ、どうして断ったのかを訊かれました。私は正直に答えましたが、担当者からは「読売が日経より部数も給与もいいのになぜ日経にしたのか、君の気持が分からない」と言われました。結果的に私の辞退を了承してくれましたが、その時の担当者の言葉が心に引っ掛かりました。発行部数で新聞社の評価を決める業界人の考え方に疑問を抱いたのです。

二　販売の真髄を良き上司に叩き込まれる

中板橋の新聞販売店でセールス研修

入社して社内での新人研修を終えた後、私たち業務局への配置が決まった4人は、都内の専売店に1か月間住み込み、新聞店での配達・集金・読者獲得の実習に入りました。私の実習先は中板橋店でした。

私は大学3年生から学寮で日経を購読し、寮を出た後のアパートでも日経を取っていましたが、その配達を担当していたのがその中板橋専売店でした。そんなことで店主や番頭(予備と呼称)とは顔なじみでした。

店主はさばけた人で「田中さん、本社からは住み込みで鍛えてほしいと言われていますが、あなたのことはよく分かっていますから、お住まいから通いできてくだされば結構です。配達業務は夕刊だけにし、その代わり集金と拡張（セールスのこと）をしっかりやってください」と好意的な提言をもらいました。

本社には内緒にし、言われた通りに専売店には朝刊配達後の時刻に出勤し、昼間は拡張、月末月初は集金、夕刻から配達業務に精出しました。配達は順路を覚えるのが大変でしたが、順路帳という帳面に順路を記号で示していく方法を教わり、無事に覚えることができました。

集金は月末から行うのが普通ですが、中板橋店では月央の15日頃を「初集日」と称して、いつでも支払ってくれる優良読者への集金を行いました。集金時の服装は、洗濯したての日経のマーク入りのユニホームを着ていくように店主に言われました。確かに初集でお邪魔する読者はどこもきちんとしたお宅でしたから、こちらもそのようにして行かなければ、先方に失礼になると思いました。

拡張業務は、『日経手帳』という日経のPR誌を持参しながら、日経の購読を勧めるのですが、これはそんなに簡単にはいかない仕事でした。番頭（予備）さんが予《あらかじ》め購読可能な見込み客を前もって数多く作ってくれていましたので、私は次々と購読契約ができましたが、それは特殊なケースです。この仕事は普段から種まきしながら、見込み客作りをしていかなければ、特に日経の場合は難しいことが分かりました。

その種まきで最も効果的なのは、先方に了解をとって無料で日経本紙を一定期間届ける方法です。当時はこの方法は販売店間の協定でやってはいけないことになっていましたが、日経の場合は抜群に効果が上がることから、販売店では協定違反と知りながら、どこでも秘かにやっていました。現在ではどの新聞社もやっているところを見ると、今や、もう協定も何もあったものではない状態が続いているのだと思います。

日経の読者は質が高い

こうして配達・集金・拡張の業務を通して、日経の読者の実態を伺い知ることができました。１９５９（昭和34年）年当時の日経は現在よりもずっと経済専門紙的な色彩の強い新聞として一般には受け止められていただけに、読者の多くは事業主・経営者・企業の管理職者の方々で、現在のように一般のサラリーマン層の読者はわずかでした。

日経の読者は全所帯の上位２割前後の層に属し、経済的には恵まれている階層の方々でしたから、集金に行っても気持ちよく支払ってくれましたし、第一、一般の階層の人々よりもいい住宅に住み、生活レベルもいいことは集金に伺った時の印象からも分かりました。

この体験から日経の読者は富裕層が多く、金払いも購読継続率も高いことを実感し、日経はいい新聞と言われているのは、このような状況を指すのかとよく理解できました。

そして日経に入社すると決まった時、父は「日経は、つぶれる心配のない良い会社と言われている」と喜んでくれたことを思い出しました。そしてこういう質のいい読者を擁する日経は恵まれており、自分はいい会社に入ったのだと心から思いました。

満鉄出身の上司に鍛えられる

本社での全ての新人研修を終え、私は業務局調査課を経て、都内の担当員の助務になりました。担当員とは新聞店の販売店援助（ディーラー・ヘルプス）を業務とする新聞販売の第一線を担当する新聞社にとって重要な職務です。

当時の日経の都内の販売網は、23区内は一部を除いて日経だけを扱う専売店で構成されており、その中でも最も主要な地区は千代田区・中央区・港区・渋谷区・新宿区の区域で、これを日経では中部地区と称していました。

この地区の担当員は都内課長が兼務していました。担当員の助手である役割を「助務」と称しますが、その中部地区の助務に私が就きました。課長は満州の満鉄調査部（戦前のわが国の最高のシンクタンク）に勤務していた引揚者のお一人で、元調査マンだけあって数字にめっぽう強い方でした。

私はこの課長に仕事では厳しく鍛えられ、おかげで数字に強くなりました。

課長からは私を将来の社の幹部候補生として育てようという意図が感じられ、助務という立場でありながら、実質的には正担当員としての仕事を任してくれました。日経の中部地区は本紙の購読率が最も高い金城湯池《きんじょうとうち》ともいうべき地帯で、都内の日経傘下の有力店主が中部地区に集結していました。

読者は個人よりも官公庁や大企業が中心でしたから、店の収益も安泰しており、新聞店経営者ならば、誰もがこの地区で新聞事業を行うことを望むほど、どの店も経済的には恵まれており、「商売は場所」の言葉通りだと思いました。

またどの新聞社もこの地区は最終版の情報を掲載する「14（じゅうよんポツと呼称）」と称する新聞を発刊し届けていました。それだけ新聞社にとっては最も重要な地区でした。

私はこのエリアの老練の店主を相手に、課長の指導を受けながら各専売店の販売援助や部数を増やすための販売促進の仕事を懸命に行っていきました。私のバックに都内課長が控えていることもあり、また私の積極的な姿勢もあって、店主のみなさんも前向きに応え、会社の増紙計画に全面的に協力してくれました。

その期間はわずか1年間でしたが、ここで新聞店経営の基本を実地に学びながら、新聞販売事業はどうあるべきかについて、都内担当の諸先輩からも多くの助言をもらい、日曜も返上し、自分でできる限りの努力をしながら学びました。

そんな私の勤務振りが都内課や周りの部署の社員のみなさんからの支援を引き出し、新人の私は大きく成長できたと思います。

その成長した証拠に、2年目からは正担当員として都内北部地区を2年間、続いて西部地区を2年間担当しました。この5年間の都内専売店相手の業務に携われたことで、私は仕事上の自信を得、さらに西部担当の時に結婚し、公私ともに充実した日々を送ることができました。

そして都内での勤務を終えた後、今度は北陸の富山県担当員になり、月の半分は出張という生活が始まりました。長女が誕生して半年後のことでしたから、妻と娘を残して月央に6日間、月末に8日間と、約半月も家を空けることは心残りでしたが、これもきっと良い経験になると思い、前向きにとらえていくことにしました。

大人秋山一氏のこと

ここで記しておきたいのは、都内課長の上にいる都内担当次長の秋山一氏のことです。氏は明治時代に一世を風靡した大衆紙『二六新報』の創業者で実業家・衆議院議員でもあった秋山定輔氏（1868年〜1950年）のご子息です。秋山定輔氏は明治・大正・昭和初期に日中関係の樹立に貢献した人でもあり、当時、中国から日本に留学していた蒋介石や周恩来など、後に中国・台湾の要人となった人々を陰で支えたことでも知られた実業家でもありました。

この戦前の実業家の裕福な家庭で育った秋山氏は日経の戦後入社の第1期生ですが、戦時中は学徒動員で陸軍将校として前線で活躍した人でもありました。そのキャリアから日経に入社すると、ただちに大阪の現地印刷の際に販売網を確立するために大阪に飛び、その目的を見事に成功させた度量のある大人《たいじん》でした。私たち都内課のメンバーは年度が変わるごとに合宿して販売計画書を作成しましたが、夜は氏の配慮で豪勢な夕食をご馳走になったものです。

氏は都内課の業務は課長に任せ、販売政策や編集のあり方に対して経営者と堂々と渡り合う力量の持ち主でした。そんな状況から秋山氏はサラリーマンで終わる人ではないと私は見ていました。実際に、私が地方の担当を終えて都内に戻った時は、すでに氏は部長職で退社し、ご尊父が設立された亜細亜経済研究所の理事長に転出されていました。

この研究所は昔のご尊父の活躍がベースとなって、台湾政府とも中国政府とも深く関係していたようです。その後、氏とは日経ＯＢ会でお目にかかることになりましたが、お会いするたびに台湾・中国との裏話をうかがったものです。

私が日経を退社して挨拶状をお送りしたところ、早速お便りをくださり、その後食事を共にし、独立に際しての様々な心得を話してくださいました。そしてＯＢ会でお会いするたびに私の仕事の具合を尋ねくださいました。私にとって実にいい上司でした。

第四章

営業最前線10年、そして日経BP社へ

一　販売店援助業務を10年経験

「田中の社内遊泳が始まったぞ！」

富山県内の販売は、日本経済新聞社の場合、東京本社の担当でした。読売新聞はすでに現地印刷をしていました。その他の各紙はすべて大阪本社の担当でした。つまり日経だけが東京本社が対応するという、一種変わった存在の県でした。

その理由は次の通りでした。

富山県は県中央を横切る呉羽山脈で2分されており、東側は「呉東」、西側を「呉西」と称し、当時、呉東は東京経済圏、呉西は関西経済圏が支配していました。

日経では呉東地区に部数の最も多い富山市を抱えていましたので、東京本社から富山県全土に東京発行紙を届けていました。富山県は東京本社から最も遠い位置にあったことから、新聞の到着時間が呉東地区の富山市においてさえ午前7時となり、地元紙や大阪紙と比べると2時間遅れの新聞となっていました。当然ながら呉西地区ではこの時間差はもっとありました。

私はこの時間差を解決しない限り、日経の普及率は向上しないと見抜きました。しかしこれまでの担当員はこの問題を取り上げて解決することをしてこなかったのです。そこでこの解決に努力を集中することにしました。

幸いにも前年に日経労組の職場委員を務め、社内の各職場委員と面識があったことから、編集局・印刷局・新聞輸送を司る発送部の上司に紹介してもらい、これらの部署の部長・次長・担当課長と面談し、富山県の新聞到着の遅れの現況と問題を理解してもらい、その解決に力を貸してほしいと訴えました。

その結果、東京紙の版下をファクシミリで大阪本社に電送し、それを特殊な厚紙版下にして大阪で印刷し、それを他社と同じ列車に積み込むことで、時間差を一挙に解決できることが分かりました。問題はこの計画は社内の大きなシステム変更になることから、関係する全部の部署への十分な根回しが求められました。

そこで私は各局の部長・次長・課長に繰り返し相談し、事がスムーズに運ぶための根回しをしていきました。そして東京・大阪の両本社を動かし、この計画を実現にこぎつけました。その際、私は時間があると社内をあちこち飛び歩くことから、周りの同僚からは「また田中の社内遊泳が始まった」と言われましたが、それだけ懸命に動いた甲斐があったのです。

また大阪の朝日・毎日・産経との打ち合わせを通して、大阪各社とのコミュニケーションを重ねたことで、日経に対する大阪各社の感触をつかむことができ、日経は大阪でも各社から好意的に接してもらえることを実感し、日経に勤めるメリットをしっかりと確認できました。

加えて、富山県は東西の経済圏がぶつかり合う地帯であることから、双方の経済圏の違いや勢いの差を肌で感じることができました。この感覚から東京圏の勢いが徐々に強くなっていること、将来は東京一極集中的な様相を呈するようになることが予測できましたし、その後の状況は実際にそうなりました。そうした日本の経済の動きを、仕事を通して具体的に理解できたことは、その後の仕事を進めていく上で有益な体験になりました。

富山県の日経の販売上の実績は、富山市・高岡市・魚津市の販売状況で左右されることが明白でしたから、私はこの3市の主要店6店に集中的な努力を投入しました。

日経の東京紙を大阪で印刷し、他紙と同時刻に届けることができたことで、最も恩恵を受けたのは呉西地区です。特に高岡市は部数が多いだけに、その効果は大でした。

幸いにも3市は読売の強力な専売店が日経を扱っており、どこも日経に対して好意的であったことから、私は従業員教育を手伝わせてもらい、従業員の日経を増やす力を養成していきました。その結果、新聞到着時間格差の問題の解消もあって、富山県の日経普及率を改善していくことができました。

結婚するなら賢い女性を選べ

ところで私は前述の通り、入社4年目で結婚しました。結婚の相手はとにかく賢い女性であることが前提でした。中学校時代、満州から引き揚げてきた元女学校の教師であった国語担当の男性教師は、私が優等生であることからか何かと個人的に声をかけてくれました。

その一つに「将来の嫁選びでは、中学までの成績がクラスで3番以内の女性にしなさい。小・中学校の成績は、その女性の生まれつきの素質がもろに出てくるからだよ」というのがありました。私はこの言葉がいつも頭にあり、中学までの成績がよくない女性は対象外だと決めていました。ですから日経時代に私に近づいてきた女性やお見合いの話も何人かありましたが、この私の基準に合わないことから、どれも進展させませんでした。

私が元家庭教師先の紹介で出会った女性は、私の基準にぴったりでした。中学校まで学年トップの成績でしたし、とても気立てがよく、母親が父親を常に立てる人で、彼女もその母親と同じ考え方でした。私の父は軍人で亭主関白であったこともあり、私も男尊女卑の傾向がありました。したがって戦後の男女平等の意識を持つ女性を妻にする気はありませんでした。

幸いに彼女も私の生き方に理解を示してくれたことから、交際を始めて2年で結婚することができました。

月の半分は出張、雪道を踏みしめての営業

結婚して1年半後に富山県担当になり、月の半分は主張のために我が家を留守にするという職務に就きましたが、妻はそのことを愚痴ることなく、生まれた長女の養育に専念してくれました。私にとっては実にありがたいことで、安心して富山に赴任できました。

住まいは埼玉県上福岡のテラスハウス方式の庭付きの公団住宅に入居できましたので、妻は庭に様々な植木や花を育てていました。当時、その団地では庭に花を植えるのが大流行りしていま

したので、休日には親子３人で団地の庭を見ながら散策したものです。

結婚した１９６２（昭和37）年頃はまだ電話が普及していませんでしたから、出張先から妻への連絡は専らはがきでした。我が家に電話が入ったのは１９６５年だったと思います。その間の1年半ほどは妻も娘も寂しかったと思いますが、当時はみんながそうでしたから、今と違って電話のない静かな生活を楽しむこともできたのです。

出張に出る時はいつも夜の上野発の寝台列車で富山に向かいました。朝の5時頃に富山に到着するとすぐ定宿の旅館に行き、そこで2時間ほど仮寝してから仕事に就くのがいつものパターンでした。しかし当時の富山県は今と違って冬になると積雪が多く、11月末にはもうかなりの雪が降っていました。そんな季節の早朝に富山に着くと雪の中を踏み分けて歩かねばならず、雪国の生活の厳しさをいつも味わいました。

私が定宿にしていた旅館は、日経の担当員が歴代利用していたところでしたから無理が効きました。早朝の到着ではいつも部屋を暖めて待っていてくれました。また出張中の仕事は、その多くを定宿から出発していましたので、朝早くから出かける時が多かったのですが、その時もちゃんと朝食を用意してくれていました。

職務上、県内をくまなく回ることを心がけていましたから、富山駅を起点に動いていました。朝6時前後に富山を出発する列車に乗り、沿線ごとにまず最も遠い県境の所からスタートし、富山市に戻るコースで訪問していました。

新聞店は朝の早い仕事に従事していることから、朝８時頃にお邪魔しても苦情を言われたことはありませんでした。そのかわり毎朝３時前後には起床する仕事ですから、夕刻の５時以降までお邪魔することは遠慮するのが習わしでした。

私は富山県の各線（北陸線、高山線、城端線、氷見線、富山電鉄）の県境から富山駅に向かう駅名を今も言えます。駅名を口にする度に、当時、まめに動いていた思い出がよみがえります。

松下幸之助氏の教え

私にとって訪問先までの車中は最高の読書の時間でした。車中で読んだ本が旅館にどんどん積みあがるので、ある一定の量になると上福岡の自宅に送っていました。車中で読む本は当時の人気作家であった松本清張・司馬遼太郎が中心でしたが、ビジネス書も多く、基本的には乱読でした。また１９６８（昭和43）年から松下幸之助氏の本がぼちぼち出始めました。

その最初の本『道をひらく』は何度も熟読しました。冒頭に掲げられている次の詩は、素直に生きることの大切さを私に教えてくれました。

雨がふれば　人はなにげなく　傘をひらく
この　自然な心の働きに　その素直さに
私たちは日ごろ　あまり気づいていない
だが　この素直な心　自然な心にこそ

偉大な力があることを　学びたい
何ものにもとらわれない　伸びやかな心で
この世の姿と　自分の仕事をかえりみるとき
人間としてなすべきこと　国としてとるべき道が
そこに　おのずから明らかになるであろう

この雨が降ったら傘をさすという、当たり前の行為の中に偉大な力があることを見抜いている松下幸之助氏の凄さに、私は改めて賢人の何たるかを悟りました。

今、私は富山県の担当員に就いたことは、天の思し召しであったと思っています。仕事をしながら車中と旅館で数多くの本に接する機会を得たこと、富山の薬売りの郷里の現場に立てたという2つを同時に経験できたことは、普通ではありえないことだからです。

二　富山の薬売り繁栄の理由を体得する

富山県を3年間にわたって隅々まで訪ね歩いたことによる見聞で、私は江戸時代から続く富山の薬売りの歴史を自然に学ぶことができ、なぜ富山の薬売りは３００年以上も繁盛してきたのか、その背景を知ることができました。

富山の薬売りに学んだことは、私にとっては大きな収穫となりましたが、現代に生きる人々にとっても役立つことが多いと思いますから、その学びとは何かをここで述べておきます。

信仰が信念をもたらした

富山の薬売りが今日まで永続してきた理由には、大きく分けて2つあると思います。

1つは、薬商（薬売り担当者）の多くが浄土真宗の熱心な信者であったことです。当時、薬商のお宅にお邪魔すると、立派な仏壇が目に入り驚いたものです。その仏壇たるや、豪華で高価格であり、○○百万円は当たり前であったのです。

それだけ薬商は篤い信仰心があり、強い信念の持ち主でもあるということでしょう。昔、薬商の事業は、農閑期に家を出て、自分の持ち場（彼らは「懸場《かけば》」と言う）に向かい、各家庭を廻りながら、常備薬の入った薬箱を無料で配置させてもらい、3か月から6か月に1度、配置先を訪問し、薬の使用状況を調べ、薬を補充し、使用された薬の代金だけを清算させてもらうシステムの下で行われていました。この手法を「先用後利」と称し、富山売薬の独特のマーケティングと言われていました。

かつて薬商は旅の途中でたびたび強盗や暴徒に襲われたり、大雨・嵐に遭遇して非常に危険な状況に陥ることがありました。その厳しい局面に直面した時は強い意志と行動力と使命感で乗り切る必要があります。中途半端な気持ちではこの商売は長続きできません。

ですから薬商は何事にも前向きに対応し、しかも辛抱強く堅実で、物事に耐える力が人一倍強く、真面目でよく働く勤勉家であることが求められました。その薬商は富山県全域に散らばって存在していましたから、県民全体にも薬商の物の見方・考え方・行動の仕方が伝わり、それが富山県人の性格形成につながっていった面も大いにあったのだと考えられます。

富山県人の特徴を示す資料が幾つもあります。たとえば、国勢調査によれば富山県の持ち家率は全国1位、一住宅あたり延べ面積も全国1位、一世帯居住室数も全国1位です。富山県を廻って感じるのは家の大きさと立派さです。富山県人は大きな家を建てて一人前という気持ちが特別に強いことから、こういうデータが生まれるのでしょう。

しかし富山県人が昔から働き者で倹約家である理由は、浄土真宗の存在だけではありません。地理的、歴史的な理由も横たわっていたのです。

まず地理的な理由ですが、富山県には七大河川といわれる大きな川が県内に7つも流れています。地図の東から順に黒部川・片貝川・早月川・常願寺川・神通川・庄川・小矢部川となります。いずれの川も急流であるのが特徴です。それだけ富山県の場合、立山連峰が平野部に迫ってきているのです。そのことは富山湾から陸地を見ればすぐ理解できます。

昔はこの急流の川が毎年のように氾濫したため県民はその対応に追われました。必死で働くしかなかったのです。

次に歴史的理由ですが、江戸時代の富山藩は、加賀藩の支藩であったことから、本家の加賀藩から支配され、何かと経済的協力を求められ、藩の財政はいつも火の車でした。そうなれば当然ながら領民の暮らしは厳しくなります。その厳しい生活を少しでも緩和しようとして始められたのが、農閑期の富山の薬売りでもあったのです。

売り手と買い手の信頼関係

2つは、富山の薬売りの先用後利の商法は、売り手と買い手の信頼関係の上に成り立つものですから、顧客から信頼されることを薬商は常に心がけました。そのために薬商は顧客の健康に少しでもお役に立ちたいという使命感を抱いたのです。その使命感は、先に触れた信念と共に浄土真宗の信仰心から発せられるものと考えていいでしょう。

信頼に基づいた顧客との関係は、出会うごとに深い絆を形成していきます。それが高じていくと、お互いのコミュニケーションを通して貴重な情報が交換されることになります。富山県人は江戸時代から情報に強いと言われてきた背景には、そうした顧客との豊かな人間関係が横たわっていたのです。

その豊かな人間関係から生まれる情報は、いち早く富山県に水力の発電所の建設を促し、それが誘因となって数多くの企業誘致を成功させ、北陸一の製造業王国になることができたのです。

富山県に共働き所帯が多いのは、夫にとっても妻にとっても働き口がいくらでもあるからです。

その結果、富山県の1世帯あたり乗用車保有台数は全国2位、生活保護率の低さは全国1位です。そして富山県の高卒県内就職率は全国3位で、その高校卒業生の地元定着率93・5％です。9割強の若者が地元に残るということですから、親にとっては喜ばしい現象です。

このように富山県の地域性と歴史が生んだ県民性は、現在の富山県の隆盛を支えていることがよく分かります。

辛抱強さが偉人を生む

こうした県民性は、私も現地でいたことで知っています。私が富山県担当になった昭和39（1964）年の年末から翌年の春先にかけて、北陸地方は前年に引き続き大豪雪に見舞われました。この豪雪を当時は38豪雪・39豪雪と称していました。

その豪雪で新聞を運ぶ列車は止まりましたが、新聞各社は共同でヘリコプターを飛ばし、現地に新聞を連日届けました。新聞が届いた以上、配達員はそれを各家庭や事務所に届けなければなりません。その時、私は現場で実際に経験したのですが、富山県の配達員の皆さんは雪の中を膝まで埋もれながら配ってくれました。普通1時間で終わるところを5時間もかけながら配り終えるのです。それが連日続くのですから、大抵の人ならギブアップするところです。

私はその姿に接しながら、「富山県人は何と辛抱強いのだろう！」と感銘を受けました。どんな状況であろうと、与えられた仕事は最後までやり抜くという強い意志力を、富山の人たちは持ち合わせているのが一般的な傾向なのです。ですから忍耐力の必要な職業で成功する人たちが富山県人には多いのです。

明治以後の富山県出身の成功者で主な方々は以下の通りです。

○安田善次郎～安田財閥の創業者
○浅野総一郎～アサノセメント創業者
○大谷米太郎～ホテルニューオータニの創業者
○角川源義～角川書店の創業者
○吉田忠雄～ＹＫＫの創業者
○黒田善太郎～コクヨの創業者

安田善次郎の心構え

この中でも安田善次郎氏は圧倒的な存在です。氏について書かれた本はたくさんありますが、氏自身が書いた『意志の力』は必読書だと思います。幸いにも２０１４年に『現代語訳　意志の力』（星海社新書）として発刊されています。

安田氏は、この本で次のように述べています。

揺るがぬ志を養成するための眼目は、自分がしなければならないことに対しては、たとえ欲すると欲せざるとを問わず、好むと好まざるとにかかわらず、しなければならないときには必ずできるよう心を練っておくことである。私の経験からいえば、この心がけは人々の精神修養のうえできわめて重要なことである。しかし、決して容易なことではない。

ではどうやってこのような心を練ることができるのかというと、これには二つの方法がある。第一は日々の繰り返しによって習慣を作ること。第二は楽しさを持って誘惑に打ち克つこと。

この二つの方法が一番よいと思う。

では第一の、日々の繰り返しによって習慣を作る方法はどのようなものか。私の経験からいえば、意志の力を身につけることは、他の芸術や技術的な力を身につけることとほとんど異なるところはない。（中略）

日常のことにおいて絶えず己に克つ練習をして、飽きて放り出したくなる気持ちが起っても、無理にこれを抑えつける。そうして、規則正しく働く習慣を養っていくのである。（中略）

必ず決めた通りを実行したことが習慣となって、ついにはそれだけのことはぜひやらなければ気がすまないようになった。さらに進んでは、それを努力することが何でもないようになってしまった。そのおかげで規則正しい生活をする習慣もでき、またいったん決心したことは必ずやり通すという根気を養うことができた。

第二の、楽しさを持って誘惑に打ち克つという方法はどのようなものか。いったん決まりを設けて、その決まりの通りに必ず努力し、ついには習慣とし、少しも苦痛を感じないまでに至るには、けっして容易ではない。多くの場合、せっかくの決まりもすぐに敗れてしまうのである。この困難な克己心を養い上げようとするには、いったん決心した決まりを破ろうとする誘惑に打ち克つだけの楽しさをもってかかることが必要である。

つまり一般の心得としては、決めたことを努力するにあたって、努力した後の結果と、それを破った後の結果との利害得失をかんがえあわせて、「努力した後はこういう利益がある、こういう楽しみがある」「決まりを破った結果はこういう損になる、こういう害を受ける」ということを常に念頭に置いていれば、少々は苦しくとも自然に励みが出る。

安田氏は、やり遂げる習慣を確立したことで自信を身につけ、それが事業を発展させ、本人の地位と器を大きくする基《もと》となっていったと述べているのです。

三　労働組合活動も肥しになった

新聞発行阻止を阻止

私は父の影響もあり高校時代から保守主義の人間でしたから、地元の三池炭鉱労組の労働運動が全国的に強いことで知られていましたが、その過激な運動が好きになれないでいました。そんな私は大学での学生運動にも批判的でしたし、街頭でのデモ行進も「授業料値上げ反対」で1度だけ文部省に向って歩いたデモ以外は、どんなに誘われてもデモに参加することはありませんでした（学寮ではいつもデモへの誘いがありました）。

日経に入ってみて、「東の日経、西の神戸」と言われるほど、日経の労組は、神戸新聞労組と並んで組合活動が盛んなことを知りました。しかしそれは印刷局の組合員の活動が活発なだけで、その他の局はそうではありませんでした。

私の職場では入社3〜5年目に職場委員、10年目前後に中央執行委員になるのが慣例で、私もそれによって3年目に職場委員になり、組合の委員会に出席しなければならなくなりました。もともと組合活動には消極的な私でしたから、組合の会合に出るのは苦痛でした。

日経労組は初夏と冬のボーナス闘争と、春の賃上げ闘争に特別に力を入れていましたから、この時期の委員会で、私は販売部を代表して組合が過激にならないように心がけていました。

印刷局の組合員は、すぐストで新聞発行を止めようとするので、それをやられると読者と販売店が困ることになりますから、私の時はそれだけは阻止するために懸命に努力しました。

新聞を止めると読者からの苦情を受けるのは販売店とそこの従業員であり、そのことを本社の社員は自分の問題として受け止め、そうした事態を起こす前に組合として他にやることがあるはずだ、と私は訴えたものです。

私の場合、現場の実情を具体的に話し、組合員の一人ひとりの心情に呼びかけるという感情移入たっぷりの主張をしました。そうするとそれまで過激な雰囲気になっていた委員会がシーンとなって、委員のみんなも冷静に戻り、印刷中止を阻止するできたことが幾度もありました。

日曜夕刊廃止で読売とバトル

それから職場委員だった時の思い出がもう一つあります。１９６４（昭和39）年1月、神戸市で新聞労連主催の「日曜夕刊廃止」に対する決起大会があった時のことです。地方新聞社を含む全国の職場委員と執行委員が集まったこの大会に、新聞販売店連合会の販売店主代表もオブザーバーとして参加していました。

会場の雰囲気は、読売陣営からの日曜夕刊存続論が強硬で、他の朝日・毎日・産経は是々非々論の中にあって、夕刊廃止を主張していたのは地方新聞社の委員たちでした。私は都内の新聞店で働く学生従業員の間で日曜日の夕刊を休刊にしてほしいという願いが強いことを店員会に出席して知っていました。そこで私は日曜夕刊廃止に賛成する意見を強く訴えました。

ところが、読売の委員から配達店員の声に耳を貸す必要はない、それは販売店が学生を雇い過ぎるから起きる問題であって、学生ではない専業店員を雇うべきで、雇わないのは店側の責任であり、本社側がそこまで立ち入ることはない、組合としては店側の意向をくむ必要はないという主張を展開し、私の意見に猛反対してきました。

そこで私は「読売さんの意見は専業従業員の人材市場が豊富であった時の話です。今は新聞店従業員を希望する人材は枯渇しており、そのために学生従業員を雇わざるを得ないのが販売店の実情です。その点を新聞社側としても考慮すべきであり、それを販売店だけの問題として考慮する必要なしと言うのは時代遅れの議論です。その点からも日曜夕刊の廃止は、今日の労働市場の状況や将来にわたる人手不足の予測を鑑みて、私たちは今こそ真剣に考えて早急に対応すべきです」と具体的な事例を入れて主張しました。

この私の主張が出席していた地方新聞社の委員たちに大うけして、結局、新聞労連としても「日曜夕刊廃止」を労働運動の重要な項目に挙げることが決まったのです。この労連の運動が功を奏して、翌年の1965年1月から全国の新聞が日曜夕刊廃止に踏み切りました。

私が夕刊廃止の主張に具体的事例を挙げて堂々と行ったことが、大会にオブザーバーとして参加していた販売店主代表の皆さんにとっては嬉しかったらしく、大会終了後に私のところにはせ参じてくださってお礼を言われました。

また地方新聞社の委員の皆さんにも喜んでもらえたことが後で分かりました。それは大会終了後の3月に私は富山県担当になり、地元の北日本新聞社や石川県の北陸新聞社にあいさつ回りに出向いた時に、先方の販売幹部から「あの時はお世話になりました」とのお礼の言葉が返ってきたことで、労連での私の発言がこんなところで役に立つとはと、びっくりしました。

そのことは、さらに4年後、新潟県担当になって地元紙の新潟日報にお邪魔した時も全く同じような言葉が交わされたことで、こちらはさらに驚きました。いずれにしろ、読売に対して一歩も引かず議論を交わした私の行為が、地方紙の委員の皆さんには大きな力になったようです。そんなことから地方紙の皆さんと最初から仲良くなれたことはありがたいことでした。

このことを通して中央紙の日経が独自のスタンスで、朝毎読などの大手と一線を画して生きていることを実感できたことは、その後の施策を練る上でも参考になりました。

団体交渉で歌を披露　自分の話力に気づく

中央執行委員になったのは、富山県と新潟県の担当を終えて再び都内に戻った入社10年目の時のことでした。入社10年目といえばベテラン担当員としての役割の重さがあります。都内の東部を担当すると同時に、日経の専売店がカバーしていない都内周辺の地域（この地域はすべて朝日新聞の専売店に委託していた）も担当し、朝日の販売店との交渉を担い、1人で2人分の仕事を受け持つことになったのです。

これに加え組合の中央執行委員もやることは、時間的にはもちろん精神的にもかなりハードなことでした。特に販売部を代表する執行委員は必ず本社側との団体交渉のメンバーに加わる義務があることから、担当員としての仕事を時には手抜きしなければならない時もあり、それが私にとっては心理的に苦痛なことでした。

しかし一方で、団体交渉で本社側の委員と差しで話し合えることは、新聞社を経営面から考える場合の勉強になりました。私の目から見て本社側の委員の多くは編集部門の出身者が多く、販売部門の問題点に疎いこともあり、時には間違った認識を持っている人もいました。

このことに対して私はそれを正してもらうための情報を提供していきました。そういう時には必ず事例を紹介し、分かりやすく説明することを心がけましたので、他の執行委員からもとても参考になると言われました。そんなこともあって団体交渉では私の存在が欠かせないものになっていました。

あれは1968（昭和43）年のボーナス闘争の交渉の時だったと思います。交渉がなかなか進展していない時でした。私は新潟県の担当員だった時の年末の大雪の中で販売店を訪問していた際の体験を話したのです。雪深い地方の店を訪ねるのがどんなに大変かを説明する際に、私が作詞した「担当員エレジー」（曲は「ワシントン広場の夜は更けて」）の歌を歌ったのです。

この歌は日経の担当員ならよく知っている私の宴会の時の持ち歌ですが、それを団体交渉の席で出席者全員に披露したのです。みんなびっくりしましたが、家族を残して朝早くから夜遅くまで地方をまわる担当員の喜びと悲しみを感じてもらうには、これが一番いい方法でした。この歌のお陰で団体交渉の雰囲気も一変し、交渉妥結に一役買うことができました。

こうして私は組合活動を通じて、自分の話力が他の仲間とは違って相手を説得する上で独特の効果を発揮する力があることを自覚しました。そして話すことを武器にして私独自の存在価値を磨けば、話力を活かして何らかの専門の仕事ができると気づいたのです。

この気づきが徐々に形になって、その後の私の生き方・人生設計に大きな影響を与えていくことになったのです。私が、時間外や休日を活用して、日米の代表的な話力養成講座に自費で参加するようになったのは、そんな私の気づきからでした。

新天地　日米合弁会社に出向

日経での生活も満10年となり、組合の中央執行委員の役割も務め上げた時に、私が日経と米国のマグロウヒル社との共同出資による日米合弁会社「日経マグロウヒル社」に出向することになりました。この人事が決まる間、社内では社長プロジェクトとしてのこの新事業には、社内の各部署から優秀な人材が選ばれて出向するとのうわさが飛び交っていました。

実際に販売局でも誰が選ばれるのか、みんなその人事の行方を見守っていました。私もこの人事には関心があり、できれば選ばれてアメリカとの新しい仕事で私の能力を試してみたいと秘かな願望を抱いていました。

幸いに私が選ばれましたが、出向先で分かったことは、円城寺社長の強い意向でこのプロジェクトが決まったことから、日経としては失敗が許されない事業とのことでした。したがって出向者には各局から英語力がある最適の人材を選抜して臨むことが至上命令でした。

そんな基準で私が選ばれ、3月の人事異動の発表後、販売の現場を離れることになり、後継者との業務の引継ぎが終わるや否や、ニューヨークのマグロウヒル本社から送られてきた販売関係の英文資料を読み、販売戦略の立案を早急に行うことを命じられました。

私としては英語の文献と米国マグロウヒル社との業務上の交渉を通して、今までにない経験ができることに期待する気持ちが大きく、当初からやる気満々で新業務に立ち向かいました。そして期待通りの仕事を次々とこなしていくうちに、これまでに自分でも気づかなかった新たなビジネス能力をものにすることができるようになっていったのです。こういう新たな機会に恵まれたのは、私の周りからの引きがあったからだと思うのです。ありがたいことでした。

四　異質な体験が独立の準備につながる

読者を選ぶ雑誌を創刊する

私は日経に定年まで勤める気持ちはなく、日経で十分な経験を積んだ後、独立して事業主として生きていきたいとの願望を秘かに抱いていたこともあり、マグロウヒル社との提携で新たな仕事を通して、自分の成長にもつなげたいとの強い思いを抱いていました。

その願いを具現化できることで、仕事に打ち込みました。実際にマグロウヒル社の門外不出の販売関係の資料を手にし、それをベースに具体的な販売戦略を立案していく過程で、マグロウヒル社の販売戦略に関する文献を読みながら、知的興奮を味わうことがたびたびでした。

合弁会社設立に際しての日米共通の第一目標は、マグロウヒル社の主力週刊誌『Business Week』のような経済経営雑誌を発刊することでした。

この雑誌は読者をビジネスリーダーに限定し、そうでない人の申し込みは断るという仕組みを守るため、直接読者に雑誌を直送するという個人購読を前提とするシステムでやっていましたが、その制度を合弁会社でもそのまま採用することになりました。

読者の購読資格を判定し、しかも雑誌の直送体制を採るビジネスは、これまでの日経では誰も経験したことのない事業であり、これをやることになった当事者としての私の役割は、実に大きく、しかも社運がかかっているだけに必ず成功させねばならならないと受け止めました。

その重大な仕事を受け持つことで、当初はどう対処すべきかに悩まされました。しかしそこは物事を前向きに考える私の楽観主義のおかげで、とにかく精一杯やってみよう、そうすれば何とかなるはずだと割り切り、あらゆることを積極的に取り組むことにしました。

さらに運のいいことに、私のサポート役にきめ細かな仕事をやることに秀でた人が人事異動で来てくれました。その人は私よりも4歳年上でしたが、高卒で日経に入社したことで事務方の経験が長く仕事はベテランでした。しかも私を常に立ててくれたことで2人のコンビネーションはうまくいき、思い通りの仕事をすることができました。

上司にも恵まれ、私の販売戦略の策定から実施まですべてを私に任せてくれました。その結果、日経本社の販売局だけでなく、編集局を含めた全ての部門の応援を受ける体制を整えることができました。社長直轄の仕事だからこそそれができたのです。

第一目標は本紙購読者の2％

トップからの要請で雑誌名は『日経ビジネス』となり、最初は月刊から始め、時機を見て隔週刊、そして最終的に週刊にすることになりました。発行部数はわが国の既刊の経済誌『東洋経済』『週刊ダイヤモンド』『プレジデント』などの上をいく5万部からスタートすることが目標となりました。

既刊の販売責任者から見ると、この５万部という部数は経済誌としては無茶な部数であり、たとえ日経でも無理ではないかとのことでした。しかし当時の日経の発行部数は２５０万部を超えており、その部数をベースに仕事をしていた私は日経紙の２％ぐらいは出せるはずだとの思いが強く、他社の見通しの低さに驚きました。実際この５万部は最低、できれば７万部を発売時の目標に設定し、販売戦略を展開していきました。

アメリカでの雑誌販売は、どの社もダイレクトメール（以下「ＤＭ」と表示）が主役で、わき役としてセールスマンによる拡販というのが一般的でしたので、最初は日本でもその通りの施策を展開することになり、ＤＭのシステムを構築することにしました。

ＤＭ戦略を支えた同志、アテナ社

ＤＭ作業部門は外部業者に委託しましたが、調べてみるとマグロウヒル社流のきめ細かな方法を委託できる会社はなく、懸命に探しているうちに、某製薬会社でＤＭを担当していた人が独立して、新しい考え方で事業を展開していると聞き、早速その人に会ってみました。

年齢は私と同じで中央大学法学部を卒業後、製薬大手の企業に入社し、ダイレクトマーケティングを専門にしてきた人だけあって、その方面の知識や経験は私よりはるかに上を行く人でした。

しかも人柄も考え方もよく、私はこの人と組めばいい仕事ができると直感しました。

ただ彼の会社は設立間もないため、財務面では多少の不安がありましたが、私はその人物に賭けることにしました。結果的には私の推察通り、彼は私共が期待する仕事を真正面から受け止め、その実現に全面的に協力をしてくれました。

その会社が㈱アテナ社であり、現在では日経ＢＰ社（日経は１９８８年にマグロウヒル社の株を譲り受けて同社との提携関係を解除し、社名は㈱日経ＢＰとなる）と資本提携を結び、日経ＢＰ社の良きパートナーとして、同社のダイレクトマーケティングの部門を支える会社であると同時に、今やわが国を代表するダイレクトマーケティング業界における総合商社的な地位を築き、現在はご子息が2代目の社長となり、社業はますます隆盛を極めています。

私は日経マグロウヒル社を退社後もアテナ社の創業者（現会長）とは親交を保ってきましたので、同社をパートナーとして選んだ私の目に間違いはなかったと秘かに自負しています。

業界一の雑誌を3誌育てる

１９６９（昭和44）年に創設された日経マグロウヒル社の最初の10年間を創業期と捉えた場合、その間、私は同社の販売部門の確立に努め、公私ともに貴重な経験を積むことができました。ゼロからスタートした『日経ビジネス』の読者作りを半年間で7万名余まで獲得できた経験は、顧客創造とは何かを実体験でき、そこでの経験は以後2つの技術雑誌（『日経エレクトロニクス』と『日経アーキテクチュア』）の読者獲得にも大いに活かすことができました。

3つの雑誌をそれぞれその業界における日本一の雑誌に仕上げることができたことで、私は新しい分野で事業を営むための基本的な原理原則とその応用のノウハウをたっぷり自分のものにすることができました。そして独立してもやっていける自信が次第にわいてきました。

話力磨きに拍車

一方、私は何を専門に事業を展開していけるのかという面で、話力を武器にして「生き方」を説く社会教育の分野で講演の講師として活動していくことならば、自分にも十分に勝算があると確信できる体験を、日経マグロウヒル社時代に手にできました。

そのひとつは、話力研究所の1年間の講習を指導してくださった所長の永崎一則氏が「田中さんは話力の世界でプロとしてやっていけます。私が保証します」と言ってくださったこと、そしていまひとつは、アメリカNo.1の話し方教室であるデール・カーネギー教室の日本代表の望月幸長氏も教室での私の話し方をずっと観察されて、プロの道に行っても通用すると助言してくださったことです。

さらに日経と日経マグロウヒル社時代に社員教育の講師としても活動したことや、先述した人材育成社の日小田金光氏の助力による外部での講師の経験などで自信を得たことです。

日経マグロウヒル社に出向したのは33歳の時で、まだ頭は柔らく、異なる環境に順応できる力を有している年頃でしたから、目の前に出現する未知の出来事にもいち早く対応できたのはありがたいことでした。

最初の異質な体験は、外国人からの電話がかかってくることでした。それまでの10年間は国内だけのビジネスに携わってきたことから、こうした英会話の能力が求められる場面では大いに戸惑いました。これではいけないと思い、さっそく夜間の英会話教室に1年間通って、基本的な英会話力を身につけることにしました。通ったのは文京区の英会話学校でしたが、テキストが米国マクミラン社発行のもので私のニーズにぴったりでした。このテキストを丸暗記したことで、一挙に外国人との会話に対応できるようになっていきました。

その上、外国特派員協会のセミナーに出席したのがきっかけとなり、イギリス人の特派員と親しくなり、週1回の頻度で毎回10分間の電話によるフリートーキングをするということで、年間の授業料を払う契約をし、これでかなり英会話力が身につきました。

この英語力を外で試したいと考え、デール・カーネギー話し方教室の英語クラスを受講し、商社の社員や日本駐在の外国人と英語のスピーチ力を競い、ここでクラストップの成績を収め、褒美として英語クラスの助手を1年間務める特典を得て、毎週モデルスピーチをする機会を手にし、英語力を養うことができました。そしてその力を実際に発揮する機会を手にしました。

米国本社で講演

1977（昭和52）年、米国マグロウヒル本社の役員会に出席し、私が日本でのダイレクトマーケティングの成功事例を説明することになったのです。

当日の様子は今もありありと思い出すことができます。ニューヨークマンハッタンのマグロウヒル社の役員用会議室で、日本で『日経ビジネス』『日経エレクトロニクス』『日経アーキテクチュアー』の読者をゼロから創造していったプロセスを具体的な事例で説明し、列席する役員の皆さんからの質疑にも対応することができました。

日経マグロウヒル社が採った方法は非常にユニークであったことから、出席者のみなさんたちは、実に面白いやりかただと評価してくれました。

米国マグロウヒル社の役員の皆さんの興味を引き出したのは、日本では販売促進の手段としてＤＭだけに頼るのは危険なことから、セールスマンによる企業訪問を通して職場での回覧方式で雑誌販売を推進する方法を紹介したことにありました。

出向直後から私は米国流のＤＭ中心の販売方法に加えてわが国独自の人的直販組織が必要と考え、日経マグロウヒル販売（現日経ＢＰマーケティング社）を設立し、企業訪問を専門とするセールスマンを８名採用し、彼らに大企業における職場回覧による購読者募集の営業活動を展開させました。その後、この販売会社の力が大きくなり、今では日経ＢＰ社のみならず、日経グループ全体の販促活動を受け持つ会社として成長しています。

私が採用した社員たちはすでに定年を迎えましたが、彼らの活躍があったからこそ、今の隆盛があるのです。その点を考えただけでも、私は恵まれた人生を歩んでいると思うのです。

日経で得た3つのこと

日経では事業主への道を学にふさわしい販売部門を志望しましたが、この選択は正解でした。

その理由は次の３つです。

①販売の第一線で10年間現場を担当し、事業の盛衰は営業スタッフの優劣で決まることを十二

分に認識できた。

②新聞の販売現場の経験を積んだ後、日経と米国最大の出版社が合弁で設立した日経マグロウヒル社に販売責任者として出向し、米国流のマーケッティングの思想と手法を学び、それを10年間、実際に仕事で実践して貴重な経験を数多く得られた。

③私のような講演活動をする人で営業経験やマーケッティングを体系的に学んだ人は意外に少なく、特に新聞社出身の場合は編集出身が多いだけに、私は逆に独自のキャリアを活かすことで、他の講師との差別化を図ることができた。

加えて、私の場合は聴講者のモチベーションを高める講演が多く、対象者は営業関係者であることから、営業現場をたっぷり経験し米国流の販売センスも身につけている私は、そうでない人と比較して圧倒的に優位に対応できました。私が損保業界の販売代理店研修の講演を長く担当できたのは、そうした独自の経験を積んだキャリアが評価されたのだと思います。

私の日経時代のキャリアは、自分が考えている以上に私の人生にプラスの効果を与えてくれました。これも営業部門を志望したことによる運の良さを示す典型的な事例だと言えます。

またその好運をもたらしたのは、心構えという能力を小さい時から磨き続けたことで、日経での良好な人間関係を築くことができ、多くの上司・先輩・同僚・後輩の引きを手にできたことによるものであったことは間違いのないことです。

第五章

独立後の私の生き方

一　週刊『東洋経済』誌上で若手講師ランキング№1に選ばれる

市場調査を通じて複眼思考が身につく

日経マグロウヒル社に出向して8年目からは、新しい雑誌の創刊業務に加えて、調査開発室の責任者としての仕事も担当することになりました。ここでは将来の事業展開のための市場調査を行うことでした。調査専門の社員を外部から採用し、私も積極的に外部の関係者と面談する仕事に従事しました。

また社内報の記事で専門雑誌社の編集長探訪記の欄も私が担当することになり、ビジネス・電子・建築・医療など競合各社の編集長を訪ねる探訪記を書きました。毎月1社、各誌の編集長と面談する機会は貴重でしたから、この仕事は楽しみでした。

各編集長も自分が取材を受けることはめったにないだけに、私の取材を歓迎してくれました。取材中に販売に関する情報も聞き出し、普段は門外不出になっている貴重な情報を手に入れました。この社内報の記事は毎号社員の注目を浴び、「あの雑誌も取材してください」との要望もかなりありました。

こうした調査開発の仕事に従事することで、私の社会に対する観察の目も複眼的になり、将来の独立への大きな力になっていきました。

市民大学講座にデビュー

1979（昭和54年）年春、20年務めた日経を退社したことは、今から考えると絶好のタイミングでした。1980年代は日本の歴史上でも大衆文化が大きく開花した記念すべき時代ですが、その始まりの時期にモチベーショナルスピーチを武器に社会教育家としてスタートを切れたことは実にラッキーなことでした。これは運のいい私を象徴する事例でしょう。

私が都民の皆さんの前に初めて登場したのは東京市民大学講座の舞台でした。この市民大学講座を主催する民間団体は全国の主要都市で講座を開き、市民の自己啓発の場を提供していました。その場に登場できたのは、私が週刊誌『東洋経済』誌上で、若手講師ランキング1位に選ばれたことがきっかけであったと思います。

その時の2位が堺屋太一氏でした。読者は「あの有名な堺屋氏が2位で、無名な田中がなぜ1位なのか？」と疑問に思ったに違いありません。

この選考の舞台裏を知る人の話によると、選考委員は全国のサラリーマン勉強会の主宰者たちでした。東京の代表者が「サラリーマンとしては田中さんの話が今最も聞きたいもので、堺屋さんはその次でいいと思う」と強く推薦してくれたことが決定打になったようです。この話を聞いて、当時の私は「引き」と「運」に恵まれていると強く感じたものです。

幸いに東京での市民大学での私の話が出席者の皆さんに共感していただけたことで、一挙に全国の市民大学講座に呼ばれることに繋がったのは既述の通りです。その講座で私が強調したのは「これからは60歳からが勝負の時代になる」という人生１００年を前提にした「人生、勝負は後半にあり！」という内容を含んだ新しい「生き方」を訴える講演でした。

今でこそ「人生１００年」は当たり前の言葉ですが、１９７９年当時はまだ私ぐらいしかこの言葉を使っていなかったこともあり、人生１００年を活き活き生きる「生き方」提言は新鮮で、聴講者の皆さんには強烈な印象を与えたようでした。

神戸の市民大学講座が終わった時、70歳過ぎの高齢者が楽屋に来られ、「今日のあなたの話に感動しました。私は65歳まで開業医でしたが、66歳から神戸大学で学んでいる物理学徒です。１００歳を目指して学び続けます」と言われて、私に握手を求められました。

あれから40年が経過していますので、その方はすでに亡くなられたかと思いますが、きっと最後まで学びの姿勢を保たれ、老後の生きがいを満喫されたことでしょう。

企業内研修で注目された異質な講演内容

このようにして私は大きく変化していく時代の波にうまく乗ることができていったのです。

時代の波と言えば、１９８０年代は企業内研修が盛んに行われた時代でもありました。部課長研修・営業職研修・女子社員研修・新人研修と階層別に各社とも研修所を作って、中には1週間にわたっての宿泊研修も数多く行われるようになりました。

当然、その研修を担当する講師・インストラクターは内部だけの人材では足りないため、外部からそれぞれの専門家が招かれました。特に私のようなモチベーショナルスピーチをベースにした「生き方」を論ずる講演を専門にする人は、外部にも少なかったこともあり、私への注文が独立当初から徐々に増えていきました。

第1章でも述べたように、人材育成社の日小田氏の紹介で、地方銀行協会・相互銀行協会・信用金庫協会の支店長研修や部次長研修に定期的に招かれるケースが増え、それに伴って各地銀・相銀・信金が地元で主催する顧客のための講演会にも出講する機会が増えていきました。

さらにそこに出席した地元の経営者からも社員研修や経営者の集いに来てほしいと招かれるといった連鎖反応で、次々と私独自の講演のチャンスが増加する現象が起きていきました。

当時の生命保険外務員協会が主催する生保の職員のための研修会にも出講したことがきっかけとなり、生命保険各社の支社職員のための決起大会にもたびたび招かれるようになりました。特に日本生命と住友生命の全国に点在する支社主催の講演会には数多く出講しました。

一方、1980年代は、健康補助食品や婦人下着などをホームパーティ形式で販売するシステムが全国的に普及した時代でした。代表的な企業であるハッピーファミリー、ミキプルーン、シャルレなどが販売代理店の研修会を盛んに開催し、そこに私は招かれ、それが評判になったこともあり、代理店が地元で開く顧客のための研修会にまでお呼びがかかるようになりました。その数も他の業界と同様に年々増えていきました。

加えて、私の全国的な講演会の展開に勢いをづけていったのは、アメリカのポール・J・マイヤーが開発した心構えを磨くためのSMIプログラムの研修会でした。このプログラムは日経マグロウヒル社時代に私自身も活用していましたので、内容もよく理解していたこともあり、研修会での講演の評判はよく、最初は首都圏が中心でしたが、次第に全国に広がりました。

特に九州地区は㈱サクセスパワー福岡が主催していた福岡市・北九州市・熊本市・鹿児島市・大分市での春と秋の定期的な有料の公開講演会に、10年間にわたって毎回招かれました。

この講演会の影響力は大きく、九州での私の評判が全国に伝わっていきました。ここでの私の講演テープが次々とコピーされて流布され、その数は数千にも及びました。ですから当時、私が初めて訪れる町でも、テープで聴いたという人が数多くいました。

最初は義母に、そして妻に支えられる

私は事務所を自宅にしていた関係で、独立して5年間は義母が講演の受付をしてくれました。実は妻が2番目の長男を生んだ後、勤めに出ることになり、家事と2人の子どもの世話を義母に頼むことにしました。義母は郷里の寝具店を親戚に譲り、我が家族と同居してくれることになり、私の独立の際の力強い協力者にもなってくれたのです。

しかし講演依頼の電話が殺到するようになると、家事と2人の孫の世話もしている義母にとっては、私の講演受付の仕事をこなすことは荷が重すぎました。この状態を改善するには妻が勤めを辞め、私の仕事を支えてくれるしかないと判断、妻も私の判断に従ってくれました。

妻の勤め先では退職の申し出に驚いたようです。妻は後任の人を手当し、先方の業務に支障をきたさないようにして、円満退職に万全を尽くしました。

妻が義母の仕事を引き継ぐまでの5年間、それでも義母は１４００回もの講演の依頼を一手にこなしてくれていたのです。その孤軍奮闘振りには、只々頭が下がる思いでした。

妻との協業の最初の10年で３０００回の講演、35冊の著作

妻が辞めてくれたのもいいタイミングでした。１９８４（昭和59）年４月から引き継いでくれましたが、その年から１９９５（平成7）年までの凡そ10年間は、バブル景気が最段階にさしかかり、講演の依頼は最高潮に達し、私自身も生涯で最も講演活動に邁進した時期でした。この10年間で約３０００回を超える講演をこなしました。

その後は30年間で３０００回強ですから、当初の15年間の講演記録はギネスブックものだと言われたものです。その講演の準備と事務処理は妻でなければ務まらない超多忙な仕事であり、今から思えば妻は本当によくやってくれたと感謝するばかりです。

私もこれだけの講演を引き受けたほかに、著作もこの間に35冊を上梓しました。当時は夢中で仕事一筋にわが身を打ち込んでいたのです。またそれだけ体力的にも健康であったことに加えて、時の流れの勢いが私をそのようにさせていったのだと思います。

私の講演は情熱を注ぎこむことがベースになっていますから、プロ野球の選手のように体力が勝負という面があります。野村克也氏にしろ長嶋茂雄氏にしろ、私と同年齢のお二人は若い時に

フル活動したからこそ、プロ野球界の歴史に残る記録を樹立できたのです。

同様に私も体力的に自信があったことから、時流をつかんで自分の仕事に全身全霊を注ぎ込むことができたのだと思います。その間、家族には何かと不自由な思いをさせたことは重々承知していました。それは時には家族の犠牲もいとわない覚悟が必要であると考えてのことでした。幸いに妻は私の気持ちを察して不平一つこぼさず、私の好きなようにさせてくれました。これまた私の運の良さであったと申せましょう。

私のように85歳の年齢になれば、毎朝の新聞紙上の死亡記事がいやでも目に入ってきます。最近は先述の通り、死亡時の年齢が年々延びているものの、しかし70歳代で亡くなる方も時々見受けます。その方々の死亡原因の多くが内臓か脳の疾患です。

私の場合、これまで飲酒で人に迷惑をかけことは一度もありません。講演会の終了後、主催者から接待に誘われる場合もありますが、私は丁重にお断りして、できるだけすぐ帰宅することを主義にしてきました。それが私の健康保持にはよかったようです。

二　日米の営業現場での経験が最大の強みになった

なぜ営業マンは人間的に成長するのか

講演を主要な業務としている人の中で、日本と米国の双方における営業の仕事に長年携わった人は意外にも少なく、その多くは報道や編集の仕事の経験しかない人が多いのです。

この事実は、営業の現場で日夜努力している人々に対して、仕事の糧になる話をしてほしいという主催者のニーズには十分に対応できないことを意味しています。時事解説はできても、当事者の抱える営業問題に解決の糸口となる話を提供できる人は少ないということです。

私は独立して10年を経過した頃にこんな経験をしたことがあります。某大手販売会社に招かれ、そこの社長に挨拶した時、社長は私にいきなりこう話されました。

「私はこれまでに外部の講師に来てもらい、社員が奮起するような話をしてほしいと頼んできたが、私の希望に応じる話をしてくれた講師はほとんどいなかった。あなたが今日どんな話をしてくれるのか、期待半分とあきらめ半分の気持ちです。できれば期待を満たす話をお願いしたい」と。

社長は私の実力を試しているなと受け止め、営業を担当する社員の皆さんが心の底から満足してもらえる話を、営業20年のキャリアを背景にそれこそ全身全霊でさせてもらいました。終わって控室で汗びっしょりの下着とワイシャツを着替えているところに、社長がやってこられ、「今日の講演を聴いた社員は幸せ者だ。今日は私も真剣に聞き入りました。この話は私たちだけではもったいない。どうか本にして広く営業関係者が読めるようにしてほしい」と称賛してくださったのです。

この社長の希望を真摯に受け止めて書いたのが1991（平成3）年にPHPから出した『なぜ営業マンは人間的に成長するのか～営業を通じて磨く〝人間力〟の研究～』です。

この本は発売当初からよく売れました。文庫本にもなりました。某大手メーカーの常務が新聞の読書欄でこの本を激賞してくれたこともあり、発売部数は10万近くいきました。

21世紀は人間力を磨くことが問われる時代になること、人間力を磨き鍛える最適の仕事が営業であり、率先垂範の気持ちで営業に臨んでいけば、必ずやその人の未来は開けていく、といった私の熱き提言を綴ったこの本は、あれから30年経った今日読んでも決して古くは感じません。むしろ今日ほど読んでほしい本です。

この30年、日本人の心的態度は劣化するばかりです。それは政治・経済・教育の現場を観察すればすぐ分かることです。善悪よりも損得を先にする傾向が年々強くなり、日本人の多くが心を磨くことを軽視し、あるいはその重要性を忘れてしまっているからです。この現状を変革していくことが、かつての勢いのあった日本を取り戻すことにつながるのだと思います。

ところで営業職に就くことのメリットは、利他主義の大切さに気づき、それを身につけられることです。相手のためになる仕事をするのが営業ですから、相手のニーズ、相手の心理、相手の都合などを常に考えながら仕事をしない限り、相手との交渉は行き詰まるのが営業です。

そのために当然の結果として、当事者は自分中心から相手中心の発想に自らを変えていくことになります。それができないでいると、いつまでたっても営業成績は向上しませんから、真剣に営業に立ち向かう人ならば、次第に自分中心から相手中心へと発想の転換ができるようになります。それが営業職に就く最大のメリットです。

営業をすることが仕事の中心である商売の世界では、昔から相手中心の発想を身につける習慣として「正直」「勤勉」「感謝」「即時対応」「克己」「自己抑制」「小欲知足」などの行動と考え方の習慣、すなわち心構えを鍛えることを日常生活としてきました。そのことは老舗と言われる１００年、２００年と続く商店では当たり前のこととされてきました。

また老舗の多い地域、老舗と取引のある人々は、そうした習慣を無意識のうちに自分のものにしていき、老舗に学ぶことを常に心がけてきました。したがって、京都や大阪のように老舗に学ぶことができやすい地域の人々は、いち早く商売上手になっていけるのです。

営業の心構えは「年中無休・24時間受付」

私は日経時代から京都商法・関西商法の勉強会があると聞けば、できるだけ参加するようにしてきました。そこで分かったのはベンチャービジネスのように自分で独立していく人は、早くから老舗に学ぶことを心がけている人だということでした。

また日本におけるベンチャービジネスの盛んな地域は名古屋から以西の関西・中四国・九州方面であることも認識できました。

ところが１９９５年のウインドウズ95の出現で、ＩＴ時代が到来するにしたがって、自己主張を遂げることが容易になると、世の中は次第に相手のことに配慮することよりも自己中心の生き方をする人が増えてきています。その姿勢のままベンチャービジネスに従事しても、事はうまくいかないわけですから、独立しても長く成功できる人は次第に減っていくのです。

私は損保の代理店主養成研修に長く携わっていますが、近年になるほど自己抑制が不得手なために、せっかくのビジネスチャンスを逃してしまう人たちを大勢見てきました。顧客のニーズや満足を得るためには「年中無休・24時間対応」の姿勢が必要であることを、私自らも名刺に「年中無休・24時間受付」の文言を刷って、その重要性を説いてきていますが、その主張を素直に聞き入れる人が残念ながら、年を追うごとに減っています。

それだけ利他主義よりも自分を大切にする利己主義の人が増えてきているのです。しかし利他主義を否定したり無視すれば、営業職としても、または独立人としても、ビジネスで長く成功していくことはできないのは、時代を超えて自明の理なのです。

私の日経・日経マグロウヒル社で都合20年間、営業の第一線で活動してきた経験から言えるのは、利他主義をベースに営業力を磨き続けてきた人は、その後の人生で自分独自の生き方を確立し、定年後も悠々と現役生活を維持できているということです。

ところが真の営業力を磨くことを怠り、専ら会社の名前や信用を背景に、いわゆる大組織の名刺を武器にサラリーマン生活を送ってきた人たちは、会社を離れてからの人生を活き活きと送れないでいます。

そうなる理由はチャンスに巡り合っても、そのチャンスを仕事に活かす術を持ち合わせていないからなのです。それは真の営業力を身につけてこなかった過去に原因があるのです。

日本人の内野志向が停滞の原因

独立して独自の事業を展開したいとの願望を具現化していくことは、営業力を身につけた人ならばできるのが当然のはずですが、それができない人が多いということは、サラリーマンの間で営業力をフルに発揮して、定年後は独立自営の人生を歩むという目標設定をしている人は稀であることを示しています。

このことは日本のサラリーマンのベンチャー志向が、欧米のサラリーマンと比べて極端に低いことと関係がありそうです。（『経済産業省・ベンチャー有識者会議とりまとめ』（2014年　https://www.meti.go.jp/committee/kenkyukai/sansei/venture/pdf/003_05_00.pdf）参照のこと）

21世紀に入って日本人の所得の伸び率は世界でも最低のランクに落ち込んでいますが、この最大の理由は、日本人の起業意欲が諸外国に比べて極めて低いことにあると先の『ベンチャー有識者会議とりまとめ』は指摘しています。

それはＩＴ社会の到来で世の中には起業のチャンスが激増しているにもかかわらず、起業家として人生に挑戦する人が日本では少ないからです。

私が独立して企業内研修に携わるようになって気づいたのは、日本人の感覚の中に未だに江戸時代の「士農工商」的な発想があり、営業力を磨くことを尊ぶ気風がないことでした。大手の企業には今でも外野よりも内野をよしとする風土が残っているところがありますが、その風土を変えない限り、人も企業も今後の時代の変革に対応することはできないと思います。

終盤人生を前向きに生きたお二人

その点、営業力を身につけていれば、コミッション営業の場合は、高齢者になっても仕事はいくらでもあるものです。そういう人を私は幾人も知っています。そのうちのお２人を紹介しておきましょう。

最初のおひとりは、東大経済学部を卒業し三井物産で活躍し、系列会社の社長を務めて70歳で退職された方です。しかしまだまだ仕事をしたいということで、研修請負企業の講師斡旋のコミッションセールスマン募集に応じ、その仕事に就かれました。

私の講演を聴かれて私との縁ができ、その方のセールス先である企業の研修会で、講演をさせていただく機会を頂戴しました。最初は１回限りで終わるかと思いましたが、その方のフォローアップが良かったことで、その企業の講演には５年ほどお邪魔しました。

その方は90歳近くまで第一線でご活躍になり、まさしく大往生の人生を送られました。常に謙虚で決して前歴をひけらかすことなく、顧客志向に徹し、まさしく営業マンの模範のような方でした。いつも明るく前向きな姿勢で、訪問先の担当者をファンにしてしまうほど人間的魅力の持ち主でもあられました。

もうお一人の方は、四国で事業をなされていましたが、75歳で事業を親族に譲られ、ご本人は東京で仕事をしてみたいと、某出版社の事典の歩合のセールスマン募集に応募され、高齢者にもかかわらず、その積極性が買われて全国の大学図書館担当になられました。やはり私の講演を聴かれて、講師控室でお目にかかりました。

扱われていた事典の見込み客は、特殊な研究に携わっている学者のみで、セールスは難しいはずですが、仕事を通して、その事典は特定の分野の学者にとっては魅力のある事典であることが分かったそうです。そこで学者とのご縁を大切に活かされて、大学の予算で購入できるまでの手配をしてあげることで見事な実績を残され、亡くなる寸前までご活躍になられました。

三　自身の独立体験を基に自立自営のコツを説く話は高評価

みんな本当の話を聴きたい

漫画家のサトウサンペイ氏は講演中、聴衆の中に居眠りしている人を目にすると、自分が大丸百貨店宣伝部を退職し、38歳で漫画家として独立した時の苦労話を始めると、居眠りをしていた人はパッと目を覚まし、その話に身を乗りだして聴き入ると語っています。

私はこのサトウサンペイ氏の体験談を知った時に、サラリーマンは誰もが実際はできないけれども、心中深くでは独立の願望を持っていることを悟りました。

現に私の場合も独立前後の話になると、聴講者の多くがじっと興味深く聴き入ることをこれまで幾度も経験してきました。それほどサラリーマンは独立を内心は憧れているのです。

ですから、サラリーマンには必ず定年がやってくることを考えると、人生の後半が長くなった今の時代だけに、できればせめて定年後は自分の好きな仕事で独立自営に挑戦し、老後はサラリーマンの時よりもさらに活き活きと人生を歩んでいきたいものです。

そう考えている私だけに、サラリーマン対象の社員研修では、「実際に自分が独立する際にどんな準備をしたのか」「どんな独立を妨げる事態に遭遇するのか」「思わぬ障害を乗り越えて独立独歩の人生を歩むにはどうすればいいのか」など、独立してみないと分からないことを列挙し、自分はそれらに対してどう対処してきたのか、その実体験を語ることにしてきました。

この独立体験談は、万人が自分の代理体験として受け止めるのです。多くの人はその代理体験だけで終わるのですが、中には実際に勤め先を辞め、独立に踏み切る人も出てきます。

独立を成功に導く3つの最低限のこと

42年前に私が独立して以来、私の話を聴いて自分も独立したいと言って会社を辞めた人がかなりの数でいます。その人たちを見て感じることは、独立後10年以上も続けることができている人には共通している点が3つあります。

①勤勉であること。どんな仕事でも引き受けた以上は、どこまでも誠意を尽くして頑張っていく習慣の持ち主であること

②約束を守り、相手の期待以上の仕事をして、相手に安心感を与えること

③恩義を忘れないこと。受けた恩は忘れずに、いつもその人に心から感謝の気持ちを抱き続けること

これらを身につけている人は、どんな時代になっても人様からのご支援を受けながらまともに生きていくことができます。私自身もこの3つは常に心にかけながら生きてきたつもりです。今の私のように歳を重ねてくると、人様のお世話をさせてもらうことも多くなり、そのお世話をし

た人がその後どういう人生を歩んでいるか、手に取るように分かってきます。

はっきりしているのは、私に対して恩義を忘れない人は、健康も仕事も家庭もうまくいっています。このことから人はどうあるべきかを分からせてもらっています。

忘れがちな〝奥さま〟の力

独立に際して最も大切なのは、もちろん本人の健康です。そして人間性と専門力と人脈ですが、絶対欠かせないのが〝奥さま〟の協力です。夫が独立を図る時に〝奥さま〟が支援する体制を整えてあげられれば、その独立の成功率はほぼ100％近く確実になります。その逆の場合は、どんなにご主人が優秀な方でも事業を継続していくことは難しいと言えます。

実際に私の知っているケースで、ご主人の実力は独立を成功させるに十分な方でしたが、〝奥さま〟が非協力的な方でしたから、ご主人は次第に意欲をなくし事業を閉鎖せざるを得なくなられたのです。それほど〝奥さま〟の協力は独立を支える大きな力となります。

私の妻の実家は商家でしたから、中学・高校時代には店の手伝いをしていたこともあり、事業主の生活を体で分かっていました。その経験から私の独立を全面的に協力してくれました。加えて義母が長く事業を経験していましたから、独立に際して私の片腕となって事業運営にかかわってくれました。私にとっては百万の味方を得たほどの心強さがありました。

77歳の時の拙著『田中真澄の88話』（ぱるす出版）は、私のファンの皆様からはとても喜ばれ、朝礼や会議でかなり活用されました。その最後の88話目のテーマは「妻をめとるなら自営業主の娘」です。ここでは結婚の相手は自営業の家で育った人を嫁に迎えることの有利さを語っていますが、それは私の実感だからです。

このことを講演で紹介すると、事業主の人から「まさしくその通りです」と賛成の声をたくさんもらいます。その方々は〝奥さま〟が事業主の娘でどれだけ助かったか計り知れないと言われるのです。

一方、サラリーマン家庭の出身の〝奥さま〟の場合は、夫がサラリーマンを辞めて独立する価値が分からず、サラリーマン階層から下の階層に転落するように感じてしまう人が多いようです。特に大手の有名企業に勤めている夫を持つ〝奥さま〟ほどその傾向が強いと言えます。

現に私が独立した際、日経時代に知り合った大企業の人々が発する言葉は「よく奥さんが賛成してくれましたね。私のところではとても無理です」というものでした。

そんな経験から私が企業の新人研修で話す場合は必ず結婚のことに触れ、「将来、サラリーマンを辞めて独立することを視野に入れ、独立しようとする時、〝奥さま〟が反対しないように、できるだけ〝奥さま〟の実家が事業を営む家庭であることが望ましい」と付言することにしています。それほど独立には〝奥さま〟との協業が必須の条件となるのです。

さらに家族全員の協力

〝奥さま〟の協力に加えて、できればほしいのが子どもたちの両親に対する心の支援です。夫婦が事業を営む際に子どもたちから精神的な支援と学業の向上を示してくれていると、それは大きな希望と力になります。

私が独立した時、娘は高校1年生、息子は小学校5年生でした。2人には「何も心配することはない、これまで通りの生活をしていればいい」と話しましたが、本人たちしてみれば不安だったと思います。

最初の2年間は私の収入は不安定でしたから、2人は何も言いませんでしたが、私の一挙手一投足で独立の成否を観察していたのではないでしょうか。

義母は明るい人でしたから、そうした子どもたちの不安に対して「お父さんは大丈夫」の一言で済ませていたようですが、義母本人も先行き不透明な時期は気が気ではなかったと思います。それを救ってくれたのが妻の私の仕事に対する前向きな姿勢と誠心誠意の支援でした。

妻は家事の多くを義母に任せ、私の仕事のサポートと子供の教育に対する配慮に努力を集中していました。この妻の日々の懸命な行動が子どもの不安を解消するのに寄与していました。

時代の流れも私に味方してくれ、独立後の私の仕事は予想以上に好転していきました。私の仕事が順調に推移するに従い、子どもたちは伸び伸びと成長していきました。また私も妻と共に2人に良い学習環境を提供することを心掛けたことで、子どもたちの成績は後半になるにしたがって、学年のトップクラスにランクされるようになりました。

おかげで、娘も息子も希望通りに進学し、中学・高校・大学と順調に勉学を重ね、二人とも今ではその道の専門家として、それぞれオンリーワンの存在価値を築きながら、独自の道を歩み続けています。この2人の子どもの勉学振りが私と妻の生きがいでもあり、日々の夫婦の会話でも子どもの成長を確認できることが、いちばん楽しいひと時でした。

こうして2人の子どもたちは、私が仕事に集中できることに大いに貢献してくれていますし、私ども夫婦が80歳を超えた頃から、いつまでも健康に過ごせるようにと、何かと生活上の助太刀を積極的にしてくれるようになりました。

そういう子供たちの親孝行振りを見るにつけ、夫婦でお互いに励まし合いながら、夫婦協業で幸せな家庭を築けたことを神仏に感謝するばかりです。

怠ってはならないファンづくり

良い家庭環境を築くことの大切さに加えて、欠かせないのがインフルエンスピープル（有力な支援者）の形成と維持です。このことについて少し解説を加えておきたいと思います。

私が大切にしている本の1冊に米国スタンフォード大学教授のエベレット・M・ロジャース氏の『技術革新の普及過程』（培風館・1973年版）があります。

この本はマーケティング関係者には欠かせない本と言われ、今日ではこの本の改訂版や解説版が幾種類も刊行されています。

内容はある新しい技術が普及していくプロセスで、どんな人がどのくらい早くその新しい技術を採用していくのか、その次はどうか、そして最終的にはどうなるのかを、ロジャース氏は農村における新しい技術の普及過程で、その変化を見事に分析しているのです。

この新技術の普及過程は、商品の普及過程にもそのまま応用できることからマーケティング関係者が注目することになったのです。

この初期に採用する人たちのことをロジャース氏は初期採用者（Early Adapters）と命名し、その率は13・5％、その次に出てくる2番目の人たちを初期追随者（Early Majority）と命名し、その率は34％であるとしています。

私はこの13・5％の初期採用者を大切にすることで、新しい商品（情報を含む）のその後の展開が決まっていくと踏んでいます。私の場合で言えば、講演をはじめて聞いた人の中で、この講演はいいと判断し、それを周りの人々に伝えてくれる田中真澄ファンとも称すべき方々です。

この全体の上位14～15％の方々をファン層としてつかむことができ、その方々を大切にフォローしていければ、その人の存在は確かなものになると私は考えており、その考えで自分のファン層に接してきました。

このファン層を作れない人や会社は永く事業を展開していけないと考えておくべきです。

四　余人をもって変えられない「熱誠講演」が多くの人の共感と支持

日本初のモチベーショナルスピーカーを目指す

アメリカにモチベーショナルスピーカーが幾人も登場し、世の脚光を浴びるようになったのは1960年代でアメリカの経済が最も好調の時期でした。そうした時代には人のやる気を誘う講演に人気が集まるようです。

話を盛り上げることの上手な牧師・教師・トップセールスマンなどが、多くの人が集まる大会で会場の雰囲気を高めるためにモチベーショナルスピーチをするようになったのが事の始まりでした。

この情報をアメリカ通の出版編集者から伝え聞き、またその有様を綴った英文の資料を手に入れたのがきっかけとなり、日本にもそうした専門家が出現してもいい経済的な活況の時代が来つつあり、その時には私もそういうスピーカーとして活動したいと思いました。

その準備として、前述した通り、まず自分の話力を鍛えるために当時の我が国の話力研究者の第一人者・永崎一則氏が主宰する話力研究所の土日講座を1年間受講しました。

この講座で私に注目された永崎氏は、年間の講座終了と同時に、土日開催の話力講座の講師助手として私を採用してくださいました。それからは永崎氏が企業内の土日講座に私を伴ってくださり、受講生の前で話す機会を数多く持たせてくださり、その際に私の話力についての助言も具体的にしてくださったのです。

私は日経マグロウヒル社に勤めながらも週末は永崎氏のお供をし、当時盛んだった企業内の土日研修に出かけることがしばしばでした。ある電力会社の一泊二日の管理職研修で、私はかなりの部分を永崎氏に代わって講義を受け持ちました。

研修終了後、受講者のアンケートで私の講義の評価を読みながら、私の話し方に高い点をつけてくれた人がいたのが印象に残りました。それには「田中さんが話すときの表情や動作が面白く、それを見ているだけでも楽しく過ごせました」とありました。

この言葉は私の自信になりました。なぜなら次に紹介するデール・カーネギー教室での私が得意としていた表現法が、アメリカで資格を得たインストラクターの先生からも同様の評価を受けていたからです。

体語の効果を実感

そのデール・カーネギー教室についてですが、この教室は、勤務後の夜の時間に開講されていました。私が選んだのは3か月の英語コースでした。受講生の多くは商社や外資系の日本人社員でしたが、数名外国人も参加していました。そうした環境で英語だけでのスピーチを磨く訓練は、私にとって新鮮でしたし、テキストはアメリカの教室と同じものを使用していたことも魅力でした。

しかし普段あまり使わない英語で話すことに普通の日本人なら誰もが苦労するものです。私も人前で話すことには慣れていましたが、言葉が英語となるとそうはいきません。そこで話す際に多用したのが表情と手と体でのゼスチャーでした。アメリカは他民族国家だけに、誰もが英語が得意という社会ではありません。そこでお互いの意思疎通を円滑に図るために言語以外の表現手段いわゆるノンバーバルコミュニケーションが自然に発達したのだと思います。私はこの表現法を「体語」と称して、体語の重要性を認識していました。

私は自分の拙い英語での表現を補うために、意識的に言語以外のこの体語を効果的に使って表現するように心がけました。そのことによって私の英語によるスピーチも何とか成り立つと考えたからです。そのことは見事に立証されました。第一日目に早速スピーチコンテストがあったのですが、出席者15人が投票で順位を決めた結果、何と私が第1位に選ばれたのです。これには私が一番驚きました。英語達者な外国人や商社の人たちを差し置いて私がトップになることなど考えられないことでした。その予想外のことが現実になったのですから、これは私の表現法がみんなの理解を助けたとしか考えられないことでした。

この第一日目の思わぬ結果を手にして、私は人前で話す自分の話力については、客観的な立場から考えても高い評価を付けてもいいのではないか、そしてこの話力を自分独自の専門力として磨いていき、それを将来の独立につなげたいという私なりの展望を抱くようになりました。それがモチベーショナルスピーチを武器とする社会教育家という道を歩むことでした。

さらにデール・カーネギー教室の特徴は、熱意（エンスージアズム）を受講生に注入することが重要な授業であることであると、創設者であるカーネギーは語っているのです。

そのこともあって、教室内でのスピーチは、常に情熱を込めて話すことが求められています。その教室で教えられたカーネギーの思想を私は受け継ぎ、講演では情熱的に話すことを常に心掛けていくことにしました。

熱意と誠意が共感を呼ぶ

話す人の情熱は、聴き手の心をも情熱的にしていく連鎖反応を生じさせます。私はこれまでにやる気のない人たちの集団に話したことが幾度もあります。こうした場合、私はブルーのワイシャツを着ることにしています。

私が熱意を込めて情熱的に話をしていると、ワイシャツに汗がにじみ出てきます。その様子が時間の経過と共に次第に顕著に表れてきます。汗がワイシャツの半分ほどに染みてくると、聴衆は次第に私語を止め私の話を聴くようになります。

そうなると会場はシーンとなり、あたかも水を打ったように、静けさが戻ってきます。まさしくこれは私の熱意が相手の心に届き、相手の心を変えるという現象を示しているのです。

この情熱を込めて話す私の講演を熱意と誠実の籠った講演という意味で「熱誠講演」と表現し

てくれた人がいました。心構えを鍛えるためのＳＭＩグループの講演会ではいつの間にか「田中真澄の熱誠講演」が統一のキャッチフレーズになりました。

また聴く側の人々も他の講演とはひと味違うと感じてくださり、情熱がほとばしる私の話を楽しみにしてくる人が出てきて、回を重ねるたびにリピートオーダーの講演申し込みが増えるという状況になっていきました。

昭和50年代には、講演を主催する企業や団体の中に一度招いた講師は二度と呼ばないという不文律の決め事でやっているところが全国には幾つもありました。ところがそういうところに私が招かれると、後日、もう一度来てほしいという依頼がありました。

そこで「私は一度お邪魔しています。お宅様では二度目はないと伺っておりますが・・・」と尋ねると、「実はそうなのですが、今回ばかりはもう一度来てほしいとの要望が強いので、例外措置として再度お招きしたいのです」との返事をもらいました。金沢市主催の市民大学講座、阿波銀行のお客様対象の講演会、鹿児島銀行の経営者向け講演会などがそうでした。

私の講演が繰り返し聴かれる理由

今と違ってその当時はyoutubeなどの動画サイトはもちろん、ＤＶＤもない時代でしたから、生《なま》の講演に対する需要も随分と多く、その意味では講演者とっていい時代でした。

１９８４（昭和59）年、東京市民大学特別講座として4回連続講座を開催した際に、私の講義を４巻セットで録音し、それに教科書も付けて『田中真澄の人生講座　積極的に生きる～人生百年時代の成功哲学〜』（ぱるす出版）と題する録音テープ全集を発刊しました。私の生き方に対する考え方を集大成した内容でしたから、この録音全集は全国的によく聴かれました。

仙台に本社のある某地方企業の社長は、この全集を東北地方のお得意様訪問の際には、自動車で聞くのを楽しみにされ、都合で２００回は聴かれたそうです。

そんな話があちこちの経営者の皆様からご報告をいただき、自家用車の室内はテープ学習の最適の場であると実感しました。それにしても何百回と講演テープを聴かれるのはなぜでしょうか。その理由を私なりに分析しますと、次の3つに集約されると思います。

①私の話す速度が今のメディアと合っている。

私の話す速度は今のテレビ・ラジオで流れる話の速度と似ており、時にはそれらよりも早い場合もあります。ではどうして私の話が早いのか、その理由を私は勝手にこう考えています。私は幼い時、ドモリ気味だったようです。それを治す方法として無意識のうちに早く話す方法を身につけたのだと思います。

小学校時代は、よく早口だと親からも先生からも注意されました。そう言われた時は少しは治るのですが、またいつのまにか元へ戻ってしまうのです。ところが、そのうちに時代が変化して、私の早口が気にならなくなったのか、誰からも注意されなくなりました。

そういえば、テレビに出てくるアナウンサーの話し方も、昔と比べると随分早口になっています。かつては黒柳徹子さんの話し方は、早口の典型的な例とされましたが、今は誰もそんなことを言わなくなり、逆にゆっくりした話、間の長い人の話は聞きづらい感じを与えるようになりました。その点、私の話はテンポがよく聞きやすいといわれることもあります。

②無意味なつなぎ言葉を入れない。

　私は、話の途中で「あー」とか「えー」といった無意味なつなぎ言葉（フィラー）を極力入れないようにしています。私は授業や人の話は真面目に聴く習慣を身につけているつもりですが、このフィラーがあまりにも多い人の話は聞きづらく、時には話の文意が理解できないこともあり、正直に言って、こういう人を尊敬できません。フィラーに気づいたら、それを直ちに治すように努力すべきです。そういう治療をする専門家や機関があるのですから。

③動作と内容が合致している。

　私のジェスチャーが話の内容に合っており、表情・動作を見ているだけでも面白いと言ってくれる人がいます。これは私が小中学校時代に子供会や学芸会で、いつも主役を務めたことも関係しているかと思います。

　中学2年生の時、卒業生を送る学芸会で、私たちのクラスは舞台で放送劇を演じました。私が総指揮とおじいさんの役を担当、その他クラス全員が参加するという大掛かりなものしたが、これが爆笑を呼び大好評でした。この放送劇の脚本を書かれた担任の福留鈴雄先生は、後に自身の随想録で「田中・佐野・吉田の名優がいて、盛り上がった」と記されておられます。その時の私は脚本片手に表情・動作を多用し、笑いを誘ったことを記憶しています。

第六章

私を最初から支えてくれた方々

一　日経・日経マグロウヒル社時代に支えてくれた人々

日経だったからこそ！

日経での20年間は、雄弁家の諸先輩に囲まれ、毎日が話す訓練であった。新聞界でもひときわ名調子の語り手といわれた大軒順三前社長、豪快な話で人をひきつけた秋山一氏、有能な上司であった末木洋氏・土井勇氏、先輩の松村祐二氏、同期の梅津雅春氏、みんな日経が誇る名スピーカーとして、筆者に多くのものを与えてくれた。

〈拙著『成功する考え方』（1988年　こう書房、1999年　サンマーク文庫）〉

この一文にもあるように、担当員は常に店主・従業員の会合で話をする機会が多いため、いきおい話力が向上していく環境にありますが、ここに記した諸氏はその中でも周りも認める名スピーカーでした。そうした諸氏に交じって私も次第に話すことでは人後に落ちない力を養っていきました。

特に私の話力がグンと伸びたのは、富山県担当の時でした。読売系の店では店員会で毎月、「日経の読み方」「日経新聞販売のコツ」などのテーマで1時間ほどの講話をし、専業従業員の日経に対する知識や売り方を指導しましたが、それを3年間も続けたのです。

この講話は従業員の皆さんに喜ばれ、毎回、講話を聴くことを楽しみにしている人が増え、同時に店主夫妻も私の話を心待ちにしてくださるようになりました。このことは私にとっても楽しみの一つになっていきました。加えて日経の富山支局は支局長が1人で、あとは事務員という体制でしたから、金融機関の職員研修などの講演依頼があると、支局長に代わって私が出かけて行ったこともよくありました。

こうして日々話す仕事を富山県で3年間、新潟県で1年間行いましたので、地方の勤務が終わった時には、社内で評判を呼ぶほど面白い話をする担当員として知られるようになり、それが新入社員研修や関係会社の営業マン教育に度々招かれる結果を生んだのです。

しかしこうした機会を私の周りの人たちが好意的に作ってくれたことはありがたいことでした。それだけ私を引き立ててくれる人たちが日経には多くいたということです。このことからも、日経に勤めたことは後に社会教育家として活動する私にとって、実にラッキーなことでした。もしこれが読売新聞社であったら、こうはならなかったのではないかと思います。

私はよく講演会で「私は運がいい」と言葉を口にしましょうと呼びかけていますが、私自身がそれこそ運のいい人生を歩むことができたのです。

成功を永続させるために販社設立

日経での担当員生活に別れを告げ、日経マグロウヒル社に出向してからも、私の講演修業は日経時代よりもさらに盛んになっていきました。その一端を綴っておきましょう。

日経から新会社に出向してからの1年間は、社内外の日経関係者に『日経ビジネス』の購読を勧めてもらうキャンペーン活動で動き回りました。

都内全域の専売店の会合や社内の各部の会議などで、「日経が社運をかけての事業だけに、全社員一丸となって社長主導のプロジェクトを成功に導こうではないか!!」と訴えて歩きました。そのためにそれ相応の報奨金を用意しました。

社長から「金のことは心配しなくてもいい」との確約を得ていたこともあり、思い切った奨励策を提示して関係者の協力を引き出すことにしました。

このキャンペーンは予想以上の効果を挙げました。米国式のダイレクトメールの販促だけでは部数が思うように伸びていなかったところ、この全社挙げての部数獲得の奨励策を展開したことによって、一挙に5万、6万と部数は伸び続け、ついに創刊時には7万部強もの部数を記録することができました。このことによって新事業の成功が確かなものとなり、日経マグロウヒル社と日経本社の双方で喜びの声が沸き上がったものです。

そうした喜びの中でも、私は次の対策を練っていました。一挙に7万部を超える部数を獲得したものの、それをずっと維持して、さらに伸ばしていくには確かな販売手段が必要であること、それは他人の組織に依存していてはダメで、自分の意思で動かし得る組織を作って、思い通りの販売戦略を展開していかなければ繁栄は続かないと考え、その組織を作ることにしました。すなわち㈱日経マグロウヒル販売を創設、自前のセールスマンを正社員として採用し、強力な販売部隊の下に継続した営業活動を行うことができるようにしたのです。

幸いに日経マグロウヒル社の良いイメージが世間的にも広がりつつある時期であったことから、社員募集には、大手企業に勤めている営業マンから数多くの応募があり、その中から優秀な人材を8名採用し、精鋭の販売部隊を編成することができました。

販売専門の会社を作るという構想は、創刊時から成功してきた私の提案だからこそ上層部の賛同を得られたのだと思います。その証拠に、以後40年以上経った今日でも、日経グループの企業で独自の販売会社を有しているのは日経ＢＰ社だけです。この販売会社はその後、㈱日経ＢＰマーケティングと名称を改め、今では日経傘下の会社の直販業務を一手に引き受けるまでに業容を拡大しており、日経グループ全体の中で独自の存在感を有しています。

現在、その活躍を知るにつけ、当時の私の考え方は時代を見通していたと思えるのです。この組織を具現化できた背景には、上層部を説得できた私の話力があったと言えましょう。

出版研究センター講演では立ち見も

日経マグロウヒル社が独自の販売戦略で成功していく中で、私の存在が出版界で知られるようになりました。その結果、私の話を聴きたいという要望が高まってきたことから、出版業界のセミナーを一手に引き受けていた出版研究センターという会社が主催する講演会に招かれることになりました。当日は会場に立見席ができるほど大勢の参加者で盛り上がりました。

そこでの私の話にはこれまでの出版界では聞いたこともない新しい事例に満ちていたこともあり、その後もリピートの講演依頼がありました。しかし現役の販売責任者が企業秘密に接する恐れのある話を外部に漏らすことは企業倫理のもとることだけに、以後はそうした外部からの依頼は受けませんでした。

しかしセミナーを企画した会社の社長林幸男氏によると、私の話力は他の講師と一線を画すものであったらしく、その後も出版社の営業社員研修の講師として出版セミナーに数多く招かれるようになりました。幸いにこの類のセミナーはアフターファイブの勤務時間外の夕刻からの開始でしたので、私の業務に差しさわりのない範囲で引き受けました。

平凡社百科事典セールス研修

一方、デール・カーネギー話し方教室の主宰者・望月幸長氏から紹介を受けた当時の㈱平凡社出版販売社長の池上徹氏から「平凡社の百科事典のセールスマン向けの話をしてほしい」との依頼がありました。望月氏の話だと、私は日米双方の直販事情に精通している数少ない人物で、しかもデール・カーネギー教室の優等生だとのことだったようです。

池上氏もカーネギー教室の卒業生であったことから、私に親近感を抱いていただいたこともあり、また当時の私は直販セールスマン教育に腐心していましたので、同じ直販の仕事に従事しているセールスマン諸氏に私の考える出版セールスのあり方を聴いてもらうことは私の勉強にもなると思い、この依頼を受けました。

幸いにもセールスマンの皆さんに喜ばれ、池上氏にも大変気に入ってもらい、その後、氏とは独立後もずっとご支援をいただく関係になりました。

出版情報研究会での勉強会

さらに独立1年前、出版社の幹部の有為の人たちが「出版情報研究会」という勉強会を開いていることを知り、そのメンバーになり、月1回の勉強会に出席するようになりました。メンバーは10人前後でしたが、その多くが将来は自分で独自の出版社を立ち上げる夢を持つ人々で、私の独立志向の考え方と波長が合い、この会合は私の独立前の準備にも役立ちました。

そして実際に独立する際には、その仲間たちも応援してくれました。また私の独立後、彼らも次々と独立して独特の事業を展開していきましたが、その際には私も側面から応援させてもらいました。こうして出版界で知り合った仲間たちとの交流によって、サラリーマンからオーナーに転じる場合の準備について、いろいろと学ぶ機会に恵まれました。これもまた私の知的財産になりました。

この研究会のメンバーで独立を果たさなかった人が1人だけいました。大手出版社の部長職の人で、人柄はよく頭も切れる人でしたが、独立に対する強い意欲に欠けるところがありました。つまりは大手出版社の肩書を捨てることを決断できない人でした。その意味で典型的な日本のサラリーマンタイプの人でした。

人生60年時代から抜けきれない日本人

日本人は就職の際、できるだけ大きな組織に所属することをまず考えます。そしてそこで立身出世を果たすことに夢中になります。そういう道を歩むのは当然だと思います。

ただ、その後の人生をどう過ごすかを真剣に考え、それを具現化するための準備をする人があまりにも少ないと思います。その問題を考える場合、「人生、どう生きるべきか」という人生観を検討する必要があります。

私は死ぬまで働くことを提言していますが、その前提として、少なくとも人生の後半には誰もが自己実現を果たさなければならないという人生観があります。

学校を出てどこかに就職し、家庭を築き、子どもを育て、老後に備えることは当然として、さらに、定年後あるいは途中から自己実現の人生を歩むことを準備していくことが、今後の超長寿化社会における私たち個人個人の責務であると考えるべきです。

そこが昔の人生60年時代と大きく違っているところです。しかしまだまだ多くの日本人は、その昔の時代の人生観を引きずったまま生きています。ですから定年後に始まる長い老後の人生をどう生きるべきかを考えもしないし、準備もしてこなかったのです。

二　1980年から20年間は私の黄金時代

70年代80年代は外部講師研修花盛り

1970年代後半から80年代全般にかけて、大企業各社は外部の講師を社内に招いて講演会を盛んに行うようになりました。そのおかげで講師の需要が急増し、それを受けて講師を斡旋する専門会社が次々と誕生していきました。

先述した私を講演家として強く企業研修に紹介してくれた人材育成社もそのひとつで、こうした斡旋機関の出現で、力のある講師は仕事がしやすくなっていきました。

また企業の研修担当者は業界ごとに連絡し合う機会を作って外部講師の評価をするようになり、そこでいい評価を得た講師はビジネスチャンスを得られるようになりました。

ちょうど、そんな時期に私は独立できたことが幸いして、年を追うごとに講演の機会が向こうからやってくるという、実に恵まれた状況に出会うことになりました。

一例を挙げれば、首都圏の私鉄の研修課長会に招かれ、今後の社員研修のあり方について講演をしたところ、それがご縁となって、私鉄各社の研修（駅長研修、運転手・車掌研修など）に招かれることにつながりました。

こうした事例は業界ごとに生じましたが、私がタッチした業界で幾度も講演に出かけて行った主なところは、直販業界、生損保業界、百貨店業界、銀行・証券などの金融業界、家電業界、自動車業界、鉄道業界、建設業界、製鉄業界、商社、農協、など枚挙に暇がないほどです。

これらの業界での私の活動はどのようであったか、その一端をご紹介してみましょう。

直販業界

１９６０年代後半から、家庭の主婦をセールス要員として活用し、ホームパーティ形式で知り合いの人たちを呼んで商品説明会をしながら、その場で購入を勧めるといったアメリカ流の直販ビジネスが日本に続々と上陸してきました。ネイチャーケア、タッパーウェア、フォーエバープロダクツ、アムウエイ、ニュースキン、シャクリーなどよく耳にする企業群です。

このアメリカから上陸した企業の活動に関与し、そこで培った経験をベースにした経営者が日本独自の直販ビジネスを展開していったのが１９８０年代でした。

三基商事、ハッピーファミリー、シャルレなど数多くの日本企業の存在がそうです。それらの直販企業は今日も活動を続けています。

私はこの中のハッピーファミリー社の創業者・中村学氏とは創業以来のお付き合いがあり、同社の40年間の発展を見てきました。創業から10年ほどは毎月の代理店研修に招かれて、直販ビジネスに携わる人々の生き方について私の考え方を述べさせてもらいました。

この研修会を通じて、日本における直販ビジネスの現状と将来について私自身が大きな学びを得ました。中村社長はじめ同社の関係者の方々と親しくさせていただいていることは、長年の間に築いた私の大切な人的財産でもあるのです。

また三基商事、シャルレ、フォーエバープロダクツジャパンの代理店大会にもたびたび招かれることが続いているおかげで、こうした直販企業の現況を肌で知ることができています。

生命保険業界

大手生保は都道府県の主力都市ごとに支社を設置し、そこで生保のセールスレディを募集し販売活動を展開しています。支社によっては３００人前後の要員を抱え、彼女らのセールス活動を様々な形で支援しているのが、支社の重要な役割です。

その一つが保険月と称する保険販売を推奨し、盛り上げる月間大会です。そこに招かれる私は、セールスレディのモチベーションを高める話をするのです。これは本来の私の専門の講演でもありますから、与えられた時間を目一杯使って、セールス目標に向かって努力を集中する意義と、その具体的な行動を鼓舞する内容の話を情熱的に説き続けてきました。

こうした熱のこもった講演は非常に体力を消耗しますし、講演後の実際の成果が問われることから、多くの講師はどちらかと言えばやりたがらないものです。逆に私はこれこそ私の使命と考え、できる限りのエネルギーを投入してきましたし、現在もそれを実践しています。

損害保険業界

1985（昭和60）年から20年ほどは、損保業界の代理店育成が盛んでした。業界トップの東京海上日動火災をはじめとする損保会社は、競って代理店募集活動を毎月行い、採用した要員に2〜3年間にわたり固定給を支給しながら、その間に独り立ちできる研修を各社それぞれに展開していました。

その研修の最後の仕上げの一環として、私の講演がセットされたものです。特に東京海上日動では年4回、卒業研修のたびに招かれ、それが28年間も続きました。特定の講師が企業研修にそれだけ長く携わったケースは珍しいはずです。

それができたのは、研修担当の責任者が任期を終えて次の責任者に引き継ぐ時に、必ず私の講演を存続させるように手配してくれたことにあります。私のような事例は今後生まれることは少ないでしょう。そこに東京海上日動の確たる企業文化の存在を見ることができます。

大手企業労組の組合員研修

1980年代は労組の手持ち資金が潤沢な時代でした。その資金を活用するために組合による社員の研修も盛んに行われました。私も各労組の中高年社員のための人生講座が全国の事業所ごとに行われていましたので、その研修に招かれました。

松下電器産業、昭和電工、新日鉄などの中高年社員の多い企業が熱心でした。その中でも昭和電工では私の講座に人気があり、そのこともあって5年間にわたり全国の全事業所の研修に出講しました。

いまでも忘れられない組合の研修があります。それは某銀行の中高年対策の研修でした。その組合の書記長が私の講演を聴いて招いてくれたのです。そこで私は書記長と委員長に頼んで、夫婦同伴の研修にしてもらいました。「これからの人生後半の生き方」というテーマにしたことも効いたのか、組合首脳が驚くほどの参加人数でした。

そこで私はアメリカの例を引きながら、日本でも銀行の将来は決して安心できないから、ご夫妻で今日から真剣に老後の生き方を話し合い研究し合ってほしいと、いくつかの夫婦協業の事例を紹介しながら真剣に訴えました。

この講演は、特に〝奥さま族〟から好評であったと書記長から連絡を受けました。後日談ですが、その銀行の存在は合併によって消滅してしまいました。合併の際、多くの中高年職員はリストラされたと聞きました。その時に私の講演が少しは役に立ってくれればいいがと願ったものです。

農協・漁協の職員研修

職員研修と言えば農林漁業の団体が熱心でした。中でも北海道のホクレン（北海道農業組合連合会）と、「ぎょれん」（北海道漁業組合連合会）は、それぞれその世界で全国ナンバーワンの位置づけにある連合会だけあって、職員研修も非常に充実しており、私も新人研修に始まり幹部研修に至るまで幾度も出講しました。

記憶に残る研修があります。それは、ぎょれん主催の漁船の船長研修です。海に出れば毎日が命がけの仕事に従事している人たちの集まりですから、きれいごとの話では船長たちは聴いてくれません。それこそ講師も命がけでやらなければ、彼らの心を動かすことはできません。

幸か不幸か私も何の保障もない世界に飛び込んで仕事をしている人間ですから、気持ち的には船長と同じ立場です。そこでその気持ちをベースに、今、目の前の与えられた仕事に全身全霊を賭ける生き方の素晴らしさを説き続けました。

その話の内容と私の汗まみれで話す姿が受けたのでしょう。「もう一度あの話を聴きたい」とのリピートがかかり、同じ対象者に2度も話をしたことがあります。「板子一枚下は地獄」（船底の板一枚下は深い海、一度落ちたら容易に生還できない漁業者の危険な様を表現している）と言われる仕事に従事している彼らは、それこそ毎日が命がけです。

そのことは私も立場は違いますが、同じ状況にあります。それだけに毎日を懸命に生きるしかありません。その気持ちが通じたのでしょう。この時の参加者たちが講演後の別れ際に、「お前も頑張れよ！」と口々に言ってくださった声が今も耳に残っています。

全国の農協の中で研修が盛んなのは全共済翼下の農協でした。研修予算が豊富なのか、北海道から九州まで研修施設も完備し専属の講師もいました。そうした状況下でも私の存在はユニークだったらしく、各地の研修に招かれましたし、そこで出会った専属講師の皆様との交流も長きにわたって続きました。特に長野県・山形県・千葉県・福岡県・佐賀県・鹿児島県の農協には頻繁に招かれました。どの県にも共通しているのは、農業がその県の主要な産業であることでした。

ゼネコン主催の建設業者災害防止大会

大手ゼネコンは多数の下請け建設業者の協力のもとに事業を展開しています。建設業における災害による死亡者数は全産業において第1位を占めています。建設現場の墜落・転落事故によって起きるからです。そうした現場の事故防止を誓って行なわれるのが、事故防止安全衛生大会です。この大会にも私はずいぶん招かれています。

建設業者も危険と隣り合わせの仕事をしていますから、漁業者と同様、危険を顧みず仕事に真剣に取り組んでいる姿勢を称賛する人が必要です。私はその役割に徹して命がけで話すことからよくお呼びがかかるのでしょう。

神戸市の市民会館で行われた建設業者の大会の時でした。私が講演を終えて控室に戻った時のことです。会館の管理室の方が飛んできて、「私は管理人として数多くの講演を聴いてきましたが、あなたのように最初から最後まで汗をかきながら情熱的に話す講師は初めてです。感動しました。そこでお願いがあります。今日の帰りのタクシー代を私に払わせてください」とおっしゃってくださいました。

私はその言葉に感謝しつつ「車は主催者がすでに用意してくれていますので」と、丁寧にお断りして会場を後にしました。しかしその管理人の方の言葉はいつまでも心に残り、今も私のやる気を喚起してくれています。

三　私の背後で起きた新しい動きと老後に向かう心の準備

講演後倒れる、健康の大切さを実感

1985（昭和60）年頃から、講演の依頼が続き、妻はその対応に追われました。時には電話が連続してかかってくるため、トイレに行く時間もないと、妻がこぼすほどの状況でした。その当時は年400回を超える講演をこなしたものです。

しかしそんな無茶なことを続けていると体がもたなくなるものです。ついに1994（平成6）年、講演後、控室で私は疲労困憊して倒れてしまいました。幸い都内千代田区の会場であったため、担当者がタクシーで私を自宅まで送ってくれました。

しかしその後も講演の予約がずっと詰まっており、これをキャンセルすることは先方様の事情を考慮してもできないことが分かっていましたから、その後の1か月は妻に付き添ってもらって会場に行き、そこで事情を話して講演台につかまりながら、話を始めました。

不思議なもので講演を開始して15分も経過すると血の巡りがよくなり、普段の講演スタイルに戻ることができました。従って、幸いにも講演の予約をもらっていたところには、1社を除き全部行くことができました。

この事態を経験してからは、講演依頼の件数を大幅に減らし、健全な健康管理の下にマイペースで仕事を行うことに生活のあり方を変えていきました。この件を通して体調を万全にしながら仕事に立ち向かうことの大切さをしっかり自覚できたのは、その後の私の生き方のためにも実にありがたいことでした。

この時、私は57歳でしたが、この年齢は老後の生活に向かうための準備のスタートを切る年代です。それを私自身の体験から気づけたことで、人生の生き方を論ずる私の講演内容も地に足の付いた考え方になっていけたのは、まさしく天の采配であり、これまた運のよさであったと思います。

ＩＴへの適応

これに加えて、この頃から時代はＩＴ社会に徐々に変化していきました。そのきっかけとなったのがウインドウズ95の出現で、人々の間でパソコンが急速に普及していきました。それまでの私は原稿を書く際にはワープロを使用していましたが、思い切ってパソコンによるウインドウズ95のソフトを活用して原稿を書くようにしました。

時を同じくして企業や団体からの文書も、パソコンを使ったものに変わっていきました。間もなくこの変化はすべての組織で行われることになりました。私は１９３６（昭和11）年の生まれですから、同期の仲間たちはウインドウズ95の洗礼を受けた翌年に定年を迎えた年代です。その年代はパソコン文化に対応できる人間とそうでない人間に2分割されます。

私は前者の部類に入ることができ、ＳＮＳの波にも乗り、ネット社会のメリットも享受できています。ところがこの波に乗れず、ＳＮＳ上の情報を収集できず、メールも有効活用ができずにいる仲間もいます。

ＳＮＳを前提とした社会が形成されつつある今日、その社会に対応できない高齢者は情報弱者に陥りつつあり、その状態では長い老後を生きていくには辛い立場に立たされます。そうならないためにも地元自治体が主催する高齢者のためのネット教室（パソコンやスマホの使い方教室）などに出席し、ＳＮＳ社会に順応できる力を身につけたいものです。

繁盛期は20年

こうして１９７９（昭和54）年に43歳で独立し、80年代から90年代そして２０００年まで組織に頼らず己の力を信じて生きてきた私にとって言えるのは、人は頑張っていれば、いつか自分の得意とする分野で思い切って勝負できる時がくると言うことです。

しかしその時期もそう長くは続かず、繁盛期は15年間から20年間で終わり、後は次第に下降していくものだと受け止めておくべきです。そのことはどんな人にも言えることです。

たとえば、映画監督の黒澤明氏の場合を考えると、『姿三四郎』（１９４３年）でデビューし、『羅生門』（１９５０年）で一躍国際的に名監督と知れ渡るようになり、以後『生きる』（１９５２年）、『七人の侍』（１９５４年）、『隠し砦の三悪人』（１９５８年）、『用心棒』（１９６１年）、『椿三十郎』

（1962年）、『天国と地獄』（1963年）、『赤ひげ』（1965年）と数々の名画の制作を手掛けましたが、この間の約20年間が黒澤氏の黄金時代であったと言えるでしょう。

そのことは作家の松本清張氏の場合にも当てはまります。

処女作『西郷札』（1951年）が週刊朝日の懸賞小説の3等賞に、この作品が第25回直木賞の候補になり、続いて『或る小倉日記伝』（1953年）で芥川賞を受賞して文壇に登場すると、『張り込み』（1955年）で推理小説も手掛け、『小説帝銀事件』（1959年）で文藝春秋読者賞を、『日本の黒い霧』（1960年）でノンフィクションクションション小説のブームを起こし、『昭和史発掘』（1964年〜1971年）で吉川英治文学賞・菊池寛賞を手にし、戦後の文壇の第一人者として君臨しました。この大活躍の期間も約20年でした。

アメリカの経済学者サイモン・クズネッツは1930年に景気循環は約20年の周期と提言しています。これは住宅や商業施設の建て替えの期間や、子が親になるための期間から起因されたものと言われています。

このクズネッツ循環説は人間の最盛期の活動期間にも適用されると私は考えます。私の場合も、ちょうど20年間の講演活動が最も多忙な時期でした。この期間は自分の仕事に全身全霊で取り組むべきですが、偶然にも私は無意識のうちにそうやっていたことになります。

こうしたある種の法則性に基づいて、己に与えられた使命を活かすことに賭ける生き方を送ることができれば、その後に訪れる老後において、精神的にも肉体的にも、そして経済的にも充実した日々を過ごすことができるようになるものです。私も65歳以後は、講演活動に追い回されることなく、マイペースで仕事ができる余裕が持てるようになりました。

最期まで前へ！

２０２０（令和２）年７月に96歳で亡くなった英文学者・エッセイストの外山滋比古氏は次のように語っておられます。

私が一番最初に心に留めた言葉は、「我が道を往く」（Going My Way）だった。戦後間もなく、アメリカから入ってきた映画のタイトルでもあるが、内容は忘れてこの言葉だけが心に残った。私はこれを、他人のやることに付和雷同しない、と解釈して心に刻んだ。我が道というのは、常識、流行、体制といった多くの人がいるところではない。一人で運命を切りひらいていく覚悟を持ち、孤独に耐えて歩んでいく者がつくっていくものである。

私は、誰もが留学したがる中で、その実効性に疑問を持って海を渡らなかった。また一切の役職を断り、社会的に地位を得て自分を見失うことを避けてきた。一人で道をひらいていく覚悟をもって、精神的に自立して歩んできたのである。周囲からは変わり者と見られていようが、私は意に介さなかった。（中略）

86歳となり、さて、これからどう生きたらいいのか、と考えている時にこんな俳句と出合った。

「浜までは海女も蓑着る時雨かな」

詠んだのは江戸時代の俳人、滝瓢水である。これから海に潜る海女が、雨を避けるために蓑を着て浜に向かう。どうせ海に入れば濡れてしまうのに、なぜ蓑を着る必要があるのか、浜までは濡れずに行きたい、というのが海女の気持ちなのである。つまり人間は、少しでも自分を愛おしみ、最後まで努力を重ねていかなければならないのである。

この句の「浜」を「死」と捉えれば、一層味わいが深まる。どうせ仕事を辞めたんだから、どうせ老い先短いんだから、と投げやりになるのが年寄りの一番よくないところである。死ぬまでは、とにかく蓑を着る。日が照りつければ日傘を差す。そして最後の最後まで前向きに、少しでも美しく立派に生きる努力を重ねていくべきである。

〈月刊『致知』２０１０年2月号〉

私も85歳を過ぎましたが、この外山氏の書かれたように、自分なりに死ぬまで蓑を着る心境で努力を重ねて生きていきたいと考えています。

私は死ぬまで働くことをずっと主張してきました（『１００歳まで働く時代がやってきた』『臨終定年』ともにぱるす出版）。そのように言い続けているのは、「人は本気で考えた通りの人間になっていく」というイメージの力の偉大さを信じているからです。

つまり、死ぬまで働くという強烈なイメージを心に抱きながら生きていると、実際にそういう人生を招き寄せることができる可能性が高くなるのです。私はそう信じています。その気持ちで日々正しい習慣を実践していけば、生きる希望を抱き続けることができます。

ですから、「どうせ老い先短いのだから」とか「もう85歳にもなったのだから」と自己否定の言葉を使ってはいけないのです。

人間は幾つになっても「絶えざる基本徹底」と「絶えざる自己革新」を維持していくことが大切です。基本徹底とは、これまで述べてきた心構えを磨き続ける良き習慣を実践すること、自己革新とは、次々と自己目標を設定し、それに向かって努力を重ねていくことです。

この2つを維持していくためには、毎朝の神仏礼拝で、神様と仏様に祈願ではなく祈誓を行うことです。神仏に「○○を必ず実践します」と誓いをすること、つまり「祈り」は「い（意）＋のり（宣）」であり、心に誓う＝自分に誓うと解釈するのです。

決して神仏にお願いする他力本願ではなく、自分に誓う自力本願の生活を送ることです。そうした心の姿勢が確立していれば、死ぬまで働くことが当然のことになります。

その結果、「絶えざる基本徹底」と「絶えざる自己革新」が自分の生き方を支えてくれ、終身現役・臨終定年の人生に繋がっていくものだと私は信じています。

私は常々そう考えながら、毎朝、神棚と仏壇に向かって祈誓の祈りを欠かさず実践しています。とにかく私たちも浜まで蓑を着ることを心がけていくべきだと思います。

四　私の著作活動を支えてくれた方々

営業の視点からの執筆は少数派

私は日経新聞社に入社した時、編集局の新聞記者を目指したのではなく、業務局での営業職を志望し、実際に新聞販売店を統括するディーラー・ヘルプスの業務に10年間従事し、執筆活動とは関係のない仕事でした。しかし文章を書くのは中学校時代から好きでしたし、中学3年生の時には作文で県知事表彰を受けたことは先に述べました。

もし私が大学時代に将来は事業主（オーナー）になるという夢を持たなかったら、新聞記者になっていたかも知れません。しかし新聞記者を志望しなくてよかったと思います。

なぜなら記者になると、どうしても立場上、上から目線でのものの見方が身についてしまい、顧客中心の利他主義から遠ざかってしまうからです。それは別の言葉で言えば、江戸時代の武士の目線になってしまう恐れがあると言うことです。

営業職はあくまでお客様の立場でものを見る・考えることが必要で、それは商人的なものの見方に通じます。江戸時代末期に石田梅岩が唱えた心学は、まさしく商人哲学であり、この石門心学に共通する姿勢が営業職には求められます。

幸いに私は営業部門の仕事に長く従事したことで、この商人的な考え方が身につきました。その心的態度を以て文章を書くことを心がければ、新聞記者を経験した人とは違った視点で執筆ができると考え、独立する際にはその視点で著作活動にも力を入れていくことにしました。

また私の話力を指導してくださった永崎一則氏は、持論として講演をする者は本を著せと常に語っておられ、ご自身も話力関係の本を300余冊も出版されておられます。

そんなことで、私も独立前からダイヤモンド社から出ていた月刊『セールス』（現在は廃刊）や営業マンのための関係誌にたびたび寄稿していましたし、日経マグロウヒル社の社報には、毎号私の連載記事も書いていました。

『乞食哲学』の粕谷氏と「ダイレクトマーケッティング本」の三島氏

私が初めて市販の著書を書いたのは、1977（昭和52）年、私の1年後輩で当時日経の企画調査部次長の塩浜裕夫氏との共著『訪問セールスの決め手』（産能大出版部）です。

この時の産能大出版部の編集担当者・粕谷正利氏は、独立後の私の著作活動をずっと支援してくださった方です。

独立直後の最初の著作『乞食哲学』は氏のお世話で上梓できたものです。以後、氏が定年退職なさるまでに、その本を含めて7冊もの拙著を同出版部から発刊してくださいました。日経時代の人間関係を大切にしてくださった粕谷氏のご厚情には心から感謝しています。

粕谷氏と私の共通の知人が目下話題を呼んでいる『ライバルを作らない独創経営』の著者三島俊介氏です。三島氏は長く住宅業界の分野で独自のマーケティングを駆使され、インテリアコーディネーターの育成に努められた先駆者で、現在は「㈱かもす」の社長をされています。

私は日経時代に三島氏と知り合い、以後今日まで親しくお付き合いをいただき、私の独立直後には、氏が経営されていた㈱ハウジングエージェンシーから、ダイレクトマーケッテング関連資料本を2冊刊行してくださったり、講演会を開催してくださったりと、側面から私を支えてくださった方で、粕谷氏と共に、私を独立以来ずっと応援してくださっている方です。

PHPの菅原氏

私はPHP研究所の雑誌部門の月刊誌『PHP』『歴史街道』などに数多く寄稿し、また書籍部門では、拙著の単行本が11冊、文庫本が7冊出ています。これらのきっかけを作ってくださったのは、同所からの最初の拙著『人生、勝負は後半にあり！』の編集者菅原昭悦氏です。同氏は私の講演をお聴きくださったことから、この本の企画をご提示くださったのです。この本は人生後半ものとしては誰も手掛けていない時期であったことから、発売してから長くロングセラーになりました。この本の影響もあって、同じタイトルの講演の依頼も全国から数多く寄せられました。今も私の活動を支えてくれている貴重な拙著です。

菅原氏はこの拙著を出版後、独立されてフリーライターとして活躍されていますが、私の『歴史街道』への寄稿では、長年にわたってお世話をくださった方でもあります。

『致知』の藤尾氏

致知出版社の社長兼『致知』誌の編集長であられる藤尾秀昭氏は、私の支援者の中でも、ひときわ有力な方です。『致知』誌が創刊したのは１９７８（昭和53）年で、私の独立した年の前年です。あれは私が独立して2年目の１９８０年だったと思いますが、氏からお招きをいただき、日経マグロウヒル社時代の直販雑誌の経験をお話ししたことがあります。

それがご縁となり、以後、同社の講演会や社員の研修会でたびたびお話をさせていただきました。その上、『致知』誌の記事に3回ほど登場する機会や、対談の企画で3回、拙著を2冊も出していただきました。同誌の書評欄では、拙著が刊行されるたびに取り上げていただいたことで、『致知』誌の読者の中に私のファンも大勢でき、その方々は私の講演会へのご参加や、拙著をご購読くださるなど、私にとって『致知』誌の存在は欠かせないものになっています。

地主、森両氏の支え

私の著書を最も多数手がけてくださっている出版社は㈱ぱるす出版です。私が独立直後、出版研究センターのセミナーで幾つかの講座を担当していた時、ぱるす出版の地主氏が営業講座を受講してくださいました。その時の出会いがきっかけとなり、拙著『頭脳販売』を同社で出していただき、以後、地主氏が亡くなられるまでに21冊もの拙著を、そしてご逝去後も、次でふれる梶原純司氏が跡を継がれるまでの8年間、社長を務められた森榮氏のお世話で9冊も刊行してくださいました。ぱるす出版は私の独立を一貫して支えてくださった出版社なのです。

顧みますと、地主氏は都内の名門校である新宿高校を経て都立大学を卒業後、ダイヤモンド社に入社され、書籍部門で数多くの経済経営関係の書籍の編集に携わられました。

私と同様に途中退社後、ぱるす出版を創設されました。ダイヤモンド社時代の上司であられた桑名一央氏も後に独立されたことから、同氏の著書をはじめ、ビジネス関連の書籍の出版で独自の存在感を示され、ユニークな出版経営者として業界でも評判の方でした。

地主氏は、大手の出版社を辞められて独立の道を選ばれたこともあり、同じような道を歩んでいる私に格別の思いを抱いてくださったのです。お目にかかるたびに私に著作のテーマを提唱くださいました。

そのおかげで私も途切れることなく著作にも力を入れることができました。そのことは、地主氏、森氏の跡を継がれた梶原氏にも言えることで、氏は私の著作活動を支えてくださっている現在最も貴重な私のブレーンのおひとりでもあられます。

法令出版社から『共感の哲学』

現在の「ぱるす出版」の社長・梶原純司氏は、独立当初から私の著作活動の面倒をみてくださっている方です。氏は出版業界の老舗「㈱ぎょうせい」に入社されて駆け出しの編集者であられた頃、私の市民大学講座での講演を聴講され、私に著作の機会を与えてくださった貴重な存在の方です。氏の熱意に促されて書いたのが『共感の哲学』です。

ぎょうせいは１９０４年に我が国初の加除式法令集を発刊し、法令中心の出版社からスタートした中央省庁関連の図書を多く手掛けている老舗の出版社です。

梶原氏が、官公庁と共に歩んできた同社の社風の中で、あえて無名の民間人の私の本を出してくださるについては、社内でかなり抵抗があったはずです。それを乗り越えて刊行され、引き続き拙著を5冊も出してくださいました。そのように同社の出版物に新風を吹き込まれることに貢献なされた方でもあります。

同社退職後は、氏が親しくされていた「㈱ぱるす出版」の社長・地主浩侍氏が亡くなられた後、同社の経営を森榮氏から引き継がれて今日に至っています。

心残りは『定年予備校』

幸にも私が独立して15年間は、バブル景気で講演業界も出版業界も好景気に沸いていましたので、おかげで私はこれまでに触れた出版社以外にも、巻末に掲載しているように、多くの出版社から拙著を出させていただき、その総数は96冊に及んでいます。

無名の私がこうした出版の機会に恵まれましたのは、すべて私を引きたててくださった方々のご縁によるものであり、私の「引き」の強さを示してくれている事例だと思います。

これまでの拙著出版で、残念な思いをした本が1冊あります。それは企業の社員向けの通信教育の教科書で、私が担当したのは『定年予備校』（上下2巻）です。通信教育の教科書ということもあり、私は受講してくださる中高年社員の皆様に少しでもお役に立てるようにと、心を込めて書かせていただきました。

販元では、レジメを紹介したパンフレットを作成して企業の研修部署の責任者に届けたところ、ぜひ教科書見本が欲しいとの返事が多数返ってきたそうです。

版元ではこれまでにないほどの反響なので、これはかなり売れると踏んだようですが、結果的には見本として届けた教科書が責任者の個人的な蔵書として扱われてしまい、実需にはあまり効果を発揮しなかったようでした。

届けた拙著がこれまでにないユニークな内容であったため、担当者は拙著を通信教育の教科書として広く紹介することよりも、自分だけの講義の資料本として私蔵することにしたのではないかと、私はすぐピンときました。そう感じたのは、拙著の多くは全国市町村の社会教育の現場を担当する講師の皆さんにとって、格好の種本になっていることを知っていたからです。

地方の社会教育を担当する講師の多くは、元学校の校長であった方々です。そういう方々にとって私の本は情報も豊富に入っていますし、引用資料の出所も明記してあることから、自分の情報として地元の社会教育の現場ですぐにでも使えるようになっています。

こうした経験がありますので、企業内教育の世界でも同様のことが行われていると思ったのです。結局、通信教育教科書版元の期待に応えることができず、残念な結果に終わりました。

終章

なぜ本書を著したのか

実は、失敗者と成功者にあるたった一つの違いは「習慣」の違いだ。良い習慣はあらゆる成功の鍵である。悪い習慣は失敗に通じる鍵のかかっていないドアのようなものだ。それゆえ、他のすべてに優先して私が従う第一の法則は、「私は良い習慣を身につけ、その奴隷になる」というものだ。（中略）

私の行動は、つねに、「食欲」「情熱」「偏見」「貪欲」「愛」「恐怖」「環境」「習慣」によって規制されている。その中で最も手におえない暴君が習慣である。

それゆえに、もし私が習慣の奴隷にならなくてはいけないのであれば、私は「良い習慣」の奴隷にならなろう。私の悪い習慣は排除されなければならない。新しい耕地を用意し、良い習慣の種をまかなければならない。

〈オグ・マンディーノ『地上最強の商人』（角川文庫）

オグ・マンディーノはアメリカの著名な自己啓発書作家です。彼は「失敗者と成功者のただひとつの違いは、習慣の違いである」と述べ、「良い習慣の奴隷たれ」と呼び掛けています。

私は彼の著書を読み、この「良い習慣の奴隷たれ」の言葉に強い共感を覚えました。それが父から教わった生き方の極意であり、私が常に心がけていたことでもあったからです。

父のおかげで、私は小学校時代から良い習慣を毎日身につけていたことで、特別なことをしなくても、周りの人々の助力で、物事はすべて良い方向に展開していきました。詳しいことはこれまでに述べた通りですが、良い習慣を実践することは、確かに人生を上手に生きる決め手であると思います。

ただ一灯を頼め

昨今、コロナ禍後の社会は一体どうなるのかと不安を抱く人が増えています。それに加えて企業・団体の中高年層に対するリストラは、ますます増加の一途をたどっています。ネットで「大企業のリスト」と検索すれば、その実態が報じられています。「大きなところに勤めているから一生安泰」という考えはもう通用しなくなりました。なぜなら、今回のコロナ禍を経験し大企業は、「40歳以上の社員はもういらない」とはっきり認識できたからです。それが企業の本音かどうかは、すでに40歳過ぎの社員の皆さんがいちばん知っているはずです。今や大企業は、成長の止まった人材に対しては冷たいのです。

では私たちは、こうした状況に対してどうすればいいのでしょうか。

その答えを示す言葉がここにあります。

「一灯を提げて暗夜を行く。暗夜を憂うることなかれ、ただ一灯を頼め」

（真っ暗な闇夜でも提灯を提げて歩けば、足元が明るくなり、何も心配はいらない）

つまり、「世の中が不透明で先行き不安な時、自分はどう生きればいいのかをはっきり自覚できれば、何も恐れることはない」という意味です。

この言葉は幕末の儒学者・佐藤一斎の『言志四録』の中の名言の一つです。佐藤一斎は幕末の最も権威ある儒学者でした。門下生には佐久間象山・山田方谷・渡辺崋山・横井小楠などがおり、孫弟子には西郷隆盛・勝海舟・吉田松陰・坂本龍馬・小林虎三郎らが挙げられます。彼らはみんなこの言葉を口にしながら、幕末の先行き不透明な時代を堂々と生き抜いたのです。

私たちも先行き不安な時に頼りにすべきは、自分の生き方をしっかりと確認することです。つまり良い習慣の下に、前向きに明るく生きるための生き方を学び、それを実践していくことです。

GHQの呪縛

生き方について学ぶのが道徳教育ですが、戦後GHQは道徳教育を学校で教えることを禁止しました。1952（昭和27）年、日本が再び独立した後も、この道徳教育禁止の規制が解かれたにもかかわらず、左翼団体の反対でいつまでも占領下の状態が続きました。

その結果、戦後の日本人は自分がどう生きたらいいのか、その生きる基本を自覚しないままに生きてきました。幸いに戦前の教育を受けた人たちがまだ世の中に多かった時は、親は正しい生き方を子供に家庭で教え、学校での道徳教育不足を補ってきました。私の家庭がそうでしたし、私の経験から言えば、私よりも15歳ほど下の後輩までは、その家庭教育がまだ行き届いていたようです。

ところが1975（昭和50）年頃から社会人になった人たちは、その家庭教育を受けない世代になり、日本人としての正しい生き方を身につけていない人々が増えつつあることを、少なくとも私はその世代と接しながら感じていました。

その社会的な風潮が徐々に強まっていくことに、私は危機感を抱くようになりました。そしてこのまま放置していてはならない、いつの日か正しい生き方を身につける社会教育を展開していく必要があり、それは私の使命ではないかと秘かに思うようになりました。その使命感が、私が社会教育家として生きていこうという志を支えることにつながっていったのです。

そして1979（昭和54）年に、20年勤務した日本経済新聞社を辞め、社会教育家として独立し、講演と執筆活動を通じて、生き方教育を展開し今日に至っているのです。

生きる目的の明確化と目標の設定

生き方の基本は、「生きる目的の明確化」と「生きる目標の設定」です。私はこのことを以下のように考えています。

生きる目的は、「一生涯、自分を磨き続け、世のため人のために働く、つまり一生勉強（生涯学習）・一生現役（終身現役）を目指すことである」ということです。

一方、生きる目標は、「自分の専門力（得手）を磨き、その能力を発揮できるマーケットを形成しつつ、最終的には独立自営の人生を送ることを目指す」ということです。

この生きる目的・目標の2つを心から納得できた時に、生き方が明確になり、心も行動も勤勉志向になり、併せて良い習慣の奴隷になることが当然であるとする人間になっていけます。そうなれば、今の日本は快楽志向が人々の生き方に大きな影響を与えていますが、その悪い流れに惑わされることはなくなります。

そして日々、勤勉主義で生きるための「心構え」（心を作る習慣＝良き行動の習慣×良き考え方の習慣）を身につけることができるようになります。

人生再建の三原則

日本を代表する教育者・森信三氏は「人生再建の三原則」として、次の3つの良い習慣を継続実行すれば、どんな時代でも人生は必ず再建できると断言しています。

①時を守る～早起きして仕事に就き、自己目標を優先順位順に実践し、約束事を厳守する。

②場を浄める～整理・整頓・清掃・清潔を実践、家庭も職場も社会もきれいにする。

③礼を正す～周りの人に明るい声で挨拶・返事を励行、人々への感謝の言葉を忘れない。

私は軍人の家庭に育ったこともあり、父親の厳しい道徳教育によって、早くからこの3原則を日々実践していました。朝早く起きて、学校に早く登校し、教室で掃除当番の友達を手伝い、先生・学友には大きな声で明るい挨拶を交し、決められたことはきちんと守り、やらねばならぬことは、重要なことから順番に実践するという生活を毎日送っていました。

そうすると私の人生はどんどん良い方向に向かっていきました。その私なりの実際の体験がありましたので、森信三氏の「人生再建の三原則」に出会ったとき、これは自分も実践していることであり、本物の原則だとすぐ体で理解できました。

私がもっている資格は教員免許だけ

私は才能に恵まれている人間ではありませんが、学生時代・サラリーマン時代・独立時代、自分の生き方を自覚できるようになってからは、どの時代も順調に過ごすことができています。それはまさしく心構えを作る習慣を毎日毎日、ゼロから身につけ直す生活を続けてきたからにほかなりません。それは良い習慣の奴隷として過ごしてきたことを意味していると考えてもいいのではないでしょうか。

私は社会教育家と称する職業で、独立自営の人生をもう42年間送っていますが、私の職業を支える専門の公的資格は何も持っていません。東京教育大学時代に取得した「社会科」と「職業指導」の高校・中学校の教員免許状以外は何も持っていないのです。それでも多くの方々に支えられて十二分に仕事をさせていただいています。

船井総研の創設者・船井幸雄氏は人気抜群のコンサルタントでした。氏は京都大学のご出身でしたが、「私は何の資格も持っていません」とおっしゃっていました。その代わり、現場で積み重ねてこられたご経験から導き出される独自の方法で、多くの経営者に的確な指導をされていました。その基本も良い行動と良い考え方の習慣がベースになっていたのです。

私は42年前の43歳の時、大企業に勤める社員が独立することなど考えもしなかった時代に、日本経済新聞社の管理職（本社次長職・系列会社取締役営業部長）の地位を捨てて、思い切って独立した人間です。

今でこそ大企業に勤めていても途中で転職や独立するなど、別段珍しくもありませんが、昭和50年代初頭までは、そんなことをする社員は〝変わり者〟扱いされたものです。

60歳まで勤め、その後は関連会社に転職して65歳頃まで現役で過ごすのが、当時の一般的な大企業サラリーマンのまともな生き方とされていました。したがってそうした道を選ばなかった私は、正統派の人たちからは途中で道を間違えた〝落ちこぼれ族〟と見なされたものです。

それが今日のように1億総リストラ時代と言われるようになると、私のような人間が見直され、できれば自分もそうありたいと思うサラリーマンが時の経過と共に増えてきています。そんな時代になったこともあり、今回、私の一生をざっと概観しながら、どうして一介の無名なサラリーマンであった私が、社会教育家という肩書で講演・執筆の世界に飛び込み、プロとして生き抜くことができているのか、その小伝をここに改めて紹介することにしました。

リストラなどの諸々の思わぬ事態に直面し、先行きの分からない昨今、どう対応すべきかと思い悩む方々にとって、この私の小伝が少しでもお役に立てれば嬉しく思います。

一引き、二運、三力

ところで、85年の私の人生を振り返って、今、はっきり言えるのは、「引きと運に恵まれたおかげで、自分の力を存分に発揮できた。私は幸せな人間だ」ということです。

講演で、私はいつも「一引き、二運、三力」の言葉を紹介していますが、この言葉通りの人生を歩んできたのが私です。この言葉は人生を左右する3つの要因を優先順位で示したものですが、最も重要なものは「引き」、次が「運」、そして最後が「力」（実力）という意味になります。

この順番は私の場合、ぴたりと当てはまります。私は世間の皆様の「引き」で仕事の機会が与えられ、その仕事が次々と「運」を呼び込んでくれています。多くの方々とのご縁をいただいてきたことから、マスコミに出ることのない無名の講師でありながら、講演の回数も著作の冊数も人並み以上と申し上げてもいいほどの実績を積み上げることができています。

そこで考えていただきたいのは、新聞の死亡記事が示している通り、このところ死亡年齢がますます高齢になってきており、今や１００歳まで生きることが不思議ではない時代になりつつあります。ところがその一方で、70歳以上の高齢者の間で自殺者が増えています。その原因の90％が健康問題（精神的障碍）とされています。

本当の人生の目的とは

人間にとって人生の真の目的は、目標を達成することでなく、常に目標を求めて突き進んでいくことである。目標のない人々の人生は現代の集団ノイローゼである。

『夜と霧』（みすず書房）の著者で心理学者ヴィクトール・フランクルの指摘です。彼の予言通り、今の日本では、目標をなくした高齢者による集団ノイローゼが増え、それが自殺の増加につながっていると言えるのではないでしょうか。

私たちがこうした高齢者の状況に陥らないためには、目標を追い求めていく人生を選ぶことです。現に80歳過ぎても元気に活躍している高齢の事業主の方々は、常に目標を持ちつつ自分なりの仕事を実践しておられます。

私も85歳の今日まで現役のプロとして活動しているお陰で、日々、元気に過ごしております。繰り返しになりますが、私がそういう人生を送れるようになったその生きざまをこの本でご確認いただきたかったのです。

私たちの生きる目的は「一生涯、己を磨きながら、世の人のため人のために働き続けること」であると、ここでもう一度再認識し、そのための具体的な仕事の目標を立て、それに向かって日々努力を重ねること以外に、良い生き方はないと知ることです。

私は講演の最後に紹介する言葉に、スイスの哲学者ヒルティの『幸福論』（岩波文庫）に出てくる次の一節があります。

庶民の人々は、必要にかられて正しい老年を送る。それに対して、資本家や金利生活者は、心から満足をえられる老年をみずから失ってしまう。
最も愚かな者は、老年にもならないうちから、もう老人ホームに隠遁したり、保養地で暮らしたりするが、健康さえ得られないのが普通である。
健康はただ仕事によってのみ与えられる。

残念なことですが、このヒルティが示しているような正しい生き方を、私たちは今、学校でも勤め先でも学ぶ機会を持てないでいます。そのためにどうしても快楽志向に走ってしまいがちです。つまりは、正しい「生きる目的」「生きる目標」を明確に自覚しないままに、日々を何となく過ごしている人が圧倒的に多くなっています。それが我が国の現在の実状です。

昨今では心構え（人間性・人間力）を磨くことの重要性が、家庭の場でも学校の場でも、まして や職場でもあまり重要視されなくなりました。それに代わって、いかに効率的な仕事をするか、いかに労少なくして利益を上げるか、つまり楽して儲けるかの議論ばかりが横行しています。

そんな環境では、人間的に正しく生きる生き方の大切さが、人々の認識から徐々に消えていくことは致し方のないように思えますが、その受け止め方は間違いだと思います。

「引き」を引き寄せるには

どんなにIT時代になり、ネットで楽に儲けることができる時代になっても、世の中で生きていく中で、心構えを磨くことの重要性は1ミリたりともゆらぐことはありません。その証拠に日々の生活で心構えを磨き続けている家庭・学校・職場はそうでないところよりも、１００％うまくいっています。私は人間学を学ぶ月刊誌『致知』誌を読むたびに、そのことを痛感させられます。

先日、２０２１年7月号の同誌の「致知随想」欄の曙建設名誉会長の関曙慶《せきしょうけい》氏の一文に感銘を受けました。氏は２０１０年から「関東のお伊勢様」こと伊勢山大神宮へ毎朝6時に参拝されているそうですが、その際カウンターを片手に「ありがとう」の言葉をつぶやきながら歩かれ、これまでの11年間で「ありがとう」のつぶやきを３１００万回も達成され、大神宮の参拝も雨風の中でも24年間続けておられるそうです。

その結果について氏は、こう述べておられます。

何事も〈陽転〉で捉えて継続するうちに、それ自体が実績となり、それがやがて自信になって経営も人生も発展してきました。純真な気持ちでしたことは、神様が倍にして返してくれる。運とは自ら呼び込むものなのです。これがまさに宇宙と繋がるということだと思います。

この氏の言葉が示しているように「純真な気持ち」で行い続けていると、それが不思議に周りの人々に伝わり、それが「引き」に繋がることは、私も日々感じていることです。

今日のように情報社会になると、当たり前のことを一途に黙々と続ける生き方を軽視する傾向が見られますが、その傾向に乗ってはなりません。それこそ幼稚園児でも知っている良い行いを、ひたすらに実践し続けていくことで一番得をするのは、続けている本人です。

同じ行為をやり続けることは馬鹿馬鹿しく思ったら負けです。繰り返し繰り返し行うことで当事者に自信がつくと同時に、その徹底した生活に共感・共鳴する善意の人々が次第に寄ってくるものなのです。それが世の中の習いというものです。

あとがき

本書をお読みくださってお分かりのように、人様によっては、私の人生は、面白みのない優等生タイプの人生ではないか、堅苦しい「石部金吉」のような生き方ではないか、とお感じになる方もいらっしゃると思います。

21世紀に入ってから、我が国では、勤勉志向が敬遠され、快楽志向の傾向が強まっているだけにそう感じられる方が多いのはやむを得ないことかもしれません。

しかし、快楽志向に走り自己実現の人生を歩むことを放棄すれば、必ずや年老いてから後悔すると思います。そのことは高齢者の皆様の生き様を観察していれば、よく分かることです。

私は幸いなことに、小さい時から父にしつけられ、それこそ「良い習慣の奴隷」ともいうべき人生を歩んできました。その結果、私の周りには人間的に良い方々が多く集まり、生きていく上で私はどれだけ助けられたか計り知れません。

私は真面目な性格だけが取り柄で、勤勉・正直・感謝の念に徹すること以外に人様に勝るものはありません。しかしながら、良い習慣に徹してきたことで、周りの人々からの「引き」をいただき、分相応以上の人生を送ることができています。

「類は友を呼ぶ」と言いますが、私は期せずして良い友人知人の形成に恵まれたのだと思います。このことから人間が成長していく上で、できるだけ良い習慣を身につけることが大切であると心から信じています。

ところで、熊本市東区尾ノ上町のレストラン花ノ木の坂本聖治氏は、年中無休の営業を40余年間続けてこられたことで、その長年の行為に感動した方々が、全国からお店を訪ねてこられています。

私の講演も同じです。公開講演会では「積極的に生きる」のテーマで、主要な部分は同じ内容の話を繰り返し行ってきました。しかも毎回、全身全霊で汗びっしょりになりながらです。

このことに対して、ある人から「そんなに同じ話をして飽きませんか」と訊かれたことがあります。その人は何事も継続して一所懸命になさった経験のない人ではないでしょうか。

1回1回の仕事に全力で臨んでいる場合は、たとえ全く同じことでも初めてやるような気持ちになりますから、飽きることなどありえません。私も講演が終わって楽屋に戻ると、「あぁ、今日はあの部分がダメだったなぁ」と反省することしきりです。これでいいと満足したことは一度もありません。ですから飽きることなどとんでもないことです。

今回、本書の刊行を機会に商品化される私の公開講演録画は、59歳の時に新宿紀伊国屋ホールで行われたものです。講演が進むにつれ、次第に汗にまみれになっていく私の姿を確認できます。私は42年間、あのような講演会を繰り返し行ってきました。

田中真澄ファンの皆様は、私の公開講演会が開催されることをお知りになりますと、周りの方々をお誘いの上、ご参加くださるのです。その場合、お誘いくださる方々は当然ながら前回自分が聴いた講演を期待しておられます。したがって、もし前回と全く違った話をしようものなら大変なお叱りを受けることになります。

そうではなくて同じ話をいたしますと、「どうです、あの○○の話はよかったでしょう」と連れてこられた方々と話に花が咲くということになります。

そんなことから、85歳の私はこれからも公開講演会では、同じ講演を初めてするような気持ちで心を込めてさせていただきます。この2年間はコロナ禍のせいで公開講演を中止せざるを得ない状況にありますが、その事態も間もなく収束し、また普通の講演ができるようになると思います。

その際は85歳を過ぎた私が、59歳の時に話した同じ内容の講演をどのように展開していくのか、それを楽しみしていただきながらお聴きくださることをお願いしたいのです。

本書には、これまでの拙著で触れたことも含まれていますが、私の半生記を一貫して記したのはこれが初めてです。ご参考にしていただければ、ありがたく存じます。

ここまでお読みいただき、本当にありがとうございました。心からお礼を申し上げます。

なお、この拙著の刊行にあたり、ぱるす出版社社長・梶原純司氏には数々のご協力をいただきました。心から感謝の意を表します。

またこの機会をお借りして、全国の田中真澄ファンの皆様に対しまして、日頃の私へのご支援に対し、心からお礼を申し上げたいと存じます。

田中　真澄

2021年9月吉日

拙著執筆一覧表（発刊順）

＝1980（昭和55）年＝
1『乞食哲学』（産能大出版部）1月
＝1981（同56）年＝
2『共感の哲学』（ぎょうせい）9月
3『頭脳販売』（ぱるす出版）9月
＝1982（同57）年＝
4『電話セールス成功戦略』（ハウジングエージングエーシー）1月
5『知的生活への提言』（共著　グリーンアロー社）8月
6『セルフラブ』（翻訳　産能大出版部）12月
＝1983（同58）年＝
7『ナース人生讃歌』（共著　学研）7月
8『積極的に生きる』（ぱるす出版）11月
9『無店舗販売成功戦略』（ハウジングエージェンシー）11月

＝1984（同59）年＝
10『成功への勇気』（ぱるす出版）3月
11『赤いポストが待っている』（ぱるす出版）5月
12『活力ある人間関係』（産業教育センター）11月
13『感動の人脈ビジネス』（ぱるす出版）12月
＝1985（同60）年＝
14『成功学入門』（ぱるす出版）1月
15『自助独立の哲学』（ぎょうせい）4月
16『聴き方・話し方講座』（テクノ）5月
17『人生、勝負は後半にあり！』（ＰＨＰ研究所）5月
18『リーダーの人間学』（中央経済社）11月
＝1986（同61）年＝
19『人生は今日が始まり』（産能大出版部）4月
＝1987（同62）年＝
20『商売繁昌入門』（文芸春秋）4月
21『「セールス感覚」の磨き方・「人生」の磨き方』（産能大出版部）8月

＝1988（同63）年＝
22『心が迷ったとき読む本』（ＰＨＰ研究所）1月
23『成功する考え方』（こう書房）5月
24『ヒューマンセールス』（プレジデント社）6月
＝1989（平成元）年＝
25『終身現役への転身』（産能大出版部）2月
26『伸び悩みを感じた時読む本』（ＰＨＰ研究所）9月
＝1990（同2）年＝
27『凡人学のすすめ』（プレジデント社）4月
28『志が道を拓く』（ぎょうせい）12月
＝1991（同3）年＝
29『幸福になる考え方』（こう書房）4月
30『なぜ営業マンは人間的に成功するのか』（ＰＨＰ研究所）8月
31『生き方革命への対応』（産能大出版部）10月
＝1992（同4）年＝
32『人生に成功する生き方』（日新報道）4月

33『なぜ営業マンは人間的魅力が磨かれるのか』（ＰＨＰ研究所）9月
34『韓国語版・積極的に生きる』（韓国の出版社）10月
35『人生をロングランで生きる成功処世学』（プレジデント社）12月
＝1993（同5）年＝
36『商売繁昌の法則』（こう書房）4月
37『迷いからぬけだす勇気』（オーエス出版）6月
38『人生成功の原理原則』（総合出版）10月
＝1994（同6）年＝
39『天職を見つけ、天職に生きる方法』（産能大出版部）3月
＝1995（同7）年＝
40『成功する超ヒント』（こう書房）2月
41『生きるのが下手な人ほど成功する』（大和出版）6月
42『新成功哲学辞典』（本の友社）7月
43『台湾語版・成功する超ヒント』（台湾の出版社）11月

44 『人生は最高に面白い!!』（ＰＨＰ研究所）12月

＝1996（同8）年＝

45 『年5中無休・24時間サービスの精神でオーナーをめざせ』（産能大出版部）3月

46 『人生は「自分の力」で切り開け』（大和出版）7月

47 『人を動かす力』（こう書房）11月

＝1997（同9）年＝

48 『どれだけ会社を早く辞められるか』（河出書房新社）2月

49 『思い通りに仕事を進める法則』（ＰＨＰ研究所）3月

50 『成功をつかむ生き方辞典』（ＰＨＰ研究所）7月

51 『嫌な上司についたとき読む本』（ＰＨＰ研究所）10月

＝1998（同10）年＝

52 『「元気力」が身につく本』（泉書房）2月

53 『台湾語版・積極的に生きる』（台湾の出版社）2月

54 『明るく生きれば人生は好転する』（かんき出版）3月

55 『デール・カーネギーに学ぶ7つの生きる力』（大和出版）5月

---

56 『台湾語版・成功をつかむ生き方辞典』（台湾の出版社）6月

57 『叱る力』（ＫＫベストセラーズ）9月

＝1999（同11）年＝

58 『やりたい仕事ができないとき読む本』（ＰＨＰ研究所）1月

59 『「依存から自立」の時代をどう生きるか』（ぎょうせい）5月

60 『デール・カーネギーに学ぶ聞き方入門』（大和出版）9月

＝2000（同12）年＝

61 『通信教育教科書・定年予備校・上下巻』（アイ・イー・シー）3月

62 『人生100年をいきいき生きる』（致知出版社）12月

＝2001（同13）年＝

63 『迫りくる三大変革の時代にどう備えるか』（ぎょうせい）10月

＝2002（同14）年＝
64 『大リストラ時代・サラリーマン卒業宣言』（PHP研究所）10月
65 『やりがいある仕事・実りある人生は後半にあり！』（プレジデント社）12月
＝2003（同15）年＝
66 『人生に成功する人、しない人』（太陽企画出版）4月
67 『50歳からの定年予備校』（講談社）7月
＝2004（同16）年＝
68 『生きる力がわいてくる生活習慣塾』（ぱるす出版）1月
69 『21世紀は個業の時代』（ぱるす出版）11月
70 『21世紀版・積極的に生きる』（ぱるす出版）11月
＝2005（同17）年＝
71 『気力百倍一日一訓』（日新報道）1月
72 『オーナーシップ讃歌』（ぱるす出版）9月
73 『情熱の人生哲学』（ぱるす出版）11月

＝2006（同18）年＝
74 『わずか3秒の「しぐさ」で成功をつかむ！』（実業之日本社）4月
75 『老舗に学ぶ個業繁栄の法則』（ぱるす出版）7月
76 『幸せと幸福の源泉　家族』（ぱるす出版）7月
＝2007（同19）年＝
77 『感動の初動教育法』（ぱるす出版）4月
78 『田中真澄のいきいき人生戦略』（モラロジー研究所）7月
79 『信念の偉大な力』（ぱるす出版）11月
＝2008（同20）年＝
80 『改訂版・心が迷ったとき読む本』（PHP研究所）8月
81 『あいさつ教育』（ぱるす出版）8月
82 『これからの時代の生き方』（ぱるす出版）11月
＝2009（同21）年＝
83 『江戸時代に学べ』（ぱるす出版）9月

＝２０１０（同22）年＝
84『実践的人間力講座』（ぱるす出版）６月
＝２０１１（同23）年＝
85『正社員削減時代をどう生きる？』（ぱるす出版）９月
＝２０１２（同24）年＝
86『やる気再生工場塾』（ぱるす出版）９月
＝２０１３（同25）年＝
87『小冊子・田中真澄パワー日めくり解説版』（ぱるす出版）２月
88『田中真澄の８８話』（ぱるす出版）10月
＝２０１４（同26）年＝
89『人生の勝負は後半にあり～中高年起業のすすめ』（ぱるす出版）10月
＝２０１５（同27）年＝
90『百年以上続いている会社はどこが違うのか？』（致知出版社）２月

91『１００歳まで生きる時代がやってきた』（ぱるす出版）９月
＝２０１６（同28）年＝
92『小に徹して勝つ』（ぱるす出版）９月
＝２０１７（同29）年＝
93『商人道に学ぶ時代がやってきた』（ぱるす出版）９月
＝２０１８（同30）年＝
94『臨終定年』（ぱるす出版）７月
＝２０１９（令和元）年＝
95『朝礼・会議で使える田中真澄の６１話』（ぱるす出版）７月
＝２０２０（同2）年＝
96『幸せな人生を歩む8つの法則』（ぱるす出版）７月

ぱるす出版図書案内

（価格はすべて税込）

塩原　経央

国語の原風景〜上古の言葉と漢字の知恵〜

1650円　四六判　228頁

校閲記者40年の著者が、日本書紀と古事記を紐解き、日本語の魅力、奥深さ、漢字の面白さを詳述！

鈴木　利典

子どもたちは未来の設計者—東日本大震災「その後」の教訓

2000円　A5オールカラー　304頁

未曾有の大災害から本当に学ぶべきものは何か。被災・復興現場に身を置いた当事者だから語ることができる数々の事実と教訓！

深尾　浄量

フカキヨの空はいつも「進め！」の青

〜必要なのは教科書じゃない！許可証だ！〜

1430円　四六判　224頁

夢は必ず実現する。その鍵は自分自身が握っている。自らの存在が素晴らしいと認識することからそれは始まる。教師経験20年の著者が語る親と子の素敵な関係づくり！

柳平　彬

やる気を引き出す　言氣の心理学

1320円　四六判　224頁

働き方とは一人ひとりの生き方が凝縮されたもの。人間が働くことの意味を改めて問い直す。

木村　俊昭

地域創生の本質〜イノベーションの軌跡〜

1430円　四六判　200頁

「スーパー公務員」として全国に旋風を巻き起こした著者が、全く新しい手法・五感六育による地域づくりの真髄と具体的な手法を明快解説！

星　亮一

会津藩燃ゆ　—我等、かく戦へり—【令和新版】

1980円　四六判　400頁

押し寄せる薩長政府軍に敢然と立ち向かった会津武士、感動の物語！　今「令和」の時代によみがえる！

星　亮一

星座の人　山川健次郎

—白虎隊士から東大総長になった男—

1650円　四六判　224頁

悲劇の地「会津」が生んだ教育界の巨人の感動の半生！

岡田　峰幸

読み紙芝居　秀吉と会津（全8冊）

1500円　A5判・全8冊（各16頁）

①狂言毒殺②大里城は落ちず③話が長いぞ不説斎④狂宴は長沼城で⑤狙撃手中畠晴時⑥天寧寺の時宝⑦蒲生氏郷の涙⑧仕置の先には

八幡　和郎

「日本国紀」は世紀の名著かトンデモ本か

1760円　四六判　264頁

大ベストセラー『日本国紀』の正しい読み方を明らかにする。大論争を最終決着させる話題沸騰の書。

木本　努

シングル父さん子育て奮闘記

1430円　四六判変形　210頁

3人の子供を遺して逝った妻。仕事に子育てに、一人の男の闘いが始まった。壮絶な、しかし感動的な物語。２０１９年ベストファーザー受賞。

岡本眞一・青木俊明・山口就平／共著

タイの自然と蝶

3960円　A5判　256頁　オールカラー

世界有数の蝶々の王国・タイ。そこに生息する蝶の全てをオールカラーで紹介した本邦唯一の本。

春名　伸司

末期ガンを乗り越え100歳をめざす

1257円　四六判　168頁

末期ガンを乗り越えた壮絶な闘病録。非凡な人間力試練を乗り越えた魂の記録。

大畑　誠也

答は現場にあり

1257円　四六判変形　168頁

教育の再生は親と子の関係改善にある。教育改革に敢然と取り組んだ感動の物語。

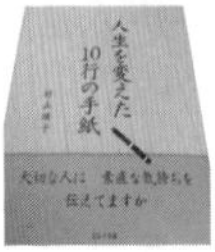

村山　順子

人生を変えた10行の手紙

1320円　四六判変形　152頁

夫との突然の別れで鬱状態の筆者に生きる希望を与えたのは夫からの10行の手紙だった。

佐々木　正美

お母さんの安心子育て

1980円　四六判　188頁

毎日の子育てで本当に大事なことは何かを平易な言葉で解説。

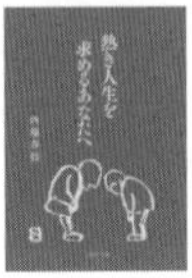

西端　春枝

熱き人生を求めるあなたへ

1320円　四六判変形　160頁

実業家として宗教家として歩み著者が到達した人生の生き方の極意を語る。

小林　牧牛

くよくよするなあるがまま

1980円　A4判変形　46頁・オールカラー

お地蔵さまとの対話すると心がおちついてくる。不思議な牧牛陶人形の世界。

小林　牧牛

陶人形の世界

1650円　四六判変形　64頁・オールカラー

牧牛陶人形と珠玉の言葉。感動の写真詩集。

大越　桂

あしたの私は幸せになる

1540円　四六判変形　128頁

重度な障害を抱え寝たきりになりながら明日に希望を見る珠玉の魂の文集。

石川　洋

生きるんだよ

1760円　四六判変形　128頁

母に対する感謝、生い立ち、一燈園での教え、露頭での修行等々著者の生き様。

石川　洋

人生今からだ（ポケット版）

440円

石川洋の心温まる箴言満載。

石川　洋

つづいてこそ　道（ポケット版）

401円

石川洋の心温まる箴言満載。

石川　洋

一日一日を生きる（ポケット版）

401円

石川洋の心温まる箴言満載。

月刊紙

「月刊ぱるす通信」

A3　4頁　オールカラー

毎月12日発行　年11回

年間購読料／5000円（税送料込）

カレンダー

石川 洋
日めくりカレンダー **「一日一根」**
838円 縦182×230㎜
「1日 人生今からだ」・・・石川洋の箴言を一日一日かみしめる。

佐々木 正美
母さんの安心子育てカレンダー 日めくり
1320円 縦225×横180㎜
子育ての毎日の要点を31の平易な言葉で表現。楽しい日めくりカレンダー。

小林 牧牛
日めくりカレンダー **「何歳になっても夢の中」**
1430円 A5 17枚綴り（両面印刷）
1日・今が全て 2日・人生だれでも今が旬 3日・うしろをふり向かず前を向いて歩こう 一歩一歩……。

石川 洋
2022石川洋オリジナルカレンダー **「生きる」**
1320円 見開きサイズ 縦444㎜横293㎜
毎年完売の人気商品！毎年10月発売開始

講 演DVD

田中 真澄
講演DVD **「成功の哲学」**
DVD／プラケース入 3850円
1995年7月の情熱・白熱の講演会90分！

田中　真澄（たなか　ますみ）

1936（昭和11）年福岡県生まれ。東京教育大学（現筑波大学）卒業。日本経済新聞社、日経マグロウヒル社（現日経BP社）を経て、1979（昭和54）年独立、ヒューマンスキル研究所設立。以来、今日まで、社会教育家として講演、執筆を通じて多くの人たちにやる気を起こさせ、生きる勇気と感動を与えている。著書97冊（本書を含む）、講演回数は7,000回を優に超える。85歳の今も現役モチベーショナル・スピーカーとして活躍中。

良き習慣が創った私の人生

——85歳の現役社会教育家が歩んだ道——

令和３年10月10日　初版第１刷

著　者　　田　中　真　澄

発行者　　梶　原　純　司

発行所　　ぱるす出版 株式会社

東京都文京区本郷2-25-14　第１ライトビル508　〒113-0033

電話（03）5577-6201（代表）　FAX（03）5577-6202

http://www.pulse-p.co.jp

E-mail　info@pulse-p.co.jp

本文デザイン　オフィスキュー／表紙カバーデザイン　㈱WADE

印刷・製本　有限会社ラン印刷社

ISBN 978-4-8276-0263-0　C0011